亡国奴之日记

周瘦鹃　著

泰山出版社·济南·

图书在版编目（CIP）数据

亡国奴之日记 / 周瘦鹃著. -- 济南 ：泰山出版社，2024．9． -- （中国近现代名家短篇小说精选）．
ISBN 978-7-5519-0877-1

Ⅰ．Ⅰ246.7

中国国家版本馆CIP数据核字第20248E7E73号

WANGGUONU ZHI RIJI

亡国奴之日记

责任编辑 徐甲第
装帧设计 路渊源

出版发行 泰山出版社
      社   址 济南市泺源大街2号 邮编 250014
      电   话 综 合 部（0531）82023579 82022566
               出版业务部（0531）82025510 82020455
      网   址 www.tscbs.com
      电子信箱 tscbs@sohu.com
印   刷 山东通达印刷有限公司
成品尺寸 140 mm×210 mm 32开
印   张 5.875
字   数 113千字
版   次 2024年11月第1版
印   次 2024年11月第1次印刷
标准书号 ISBN 978-7-5519-0877-1
定   价 32.00元

凡　例

一、本书收录了作者的经典短篇小说，主要展现了作者的思想情感、审美取向与价值观念，以及当时的时代风貌等。

二、将作品改为简体横排，以适应当代的阅读习惯。原文存在标点不明、段落不分等不便于阅读之处，编者酌情予以调整。

三、作品尽量依照原作，以保持原作风格及其时代韵味，同时根据需要，对原文进行了适当的删减和订正。

四、对有些当时惯用的文字，如"的""地""得""作""做""哪""那""化钱""记帐"等，仍多遵照旧用。

目　录

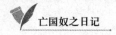

亡国奴之日记

　　嗟夫，嗟夫！万里秋霜，长驻劳人之足；一腔热血，难为故里之归。予不幸竟为亡国之奴矣！向以为亡国云者，初匪实有其事，特文家故作危辞，用以点缀行墨，讵意今乃竟成实事。大好河山，匪复自有，而四万万黄帝之裔，遂亦伈伈俔俔听命于人。前此有国之时，弗知爱国，今欲爱国，则国已不为吾有，徒宛转哀号于异族羁绊之下，莫能一伸。曩者鞭策牛马，使为吾役，以为牛马贱矣，而今兹即欲沦为牛马，亦不可得。九阍夐远，呼吁无门，果能撒手一死，即足以了此痛苦，或且诞登天上，依吾祖国之魂。生不为自由人，死当为自由鬼，顾此生死之权，亦已操诸他人，生固无聊，死乃弗能。一若人世间万劫不复之苦，必令吾人一一备尝之而后已。嗟，吾亡国之民，惨苦乃至此耶！峨峨之山，嵚崎如故；汤汤之水，浩瀚依然。然而此山

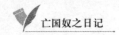
此水，则已易其主人，并其一拳之石、一勺之水，亦都属之新主。纵横九万余里，直无吾人厕身之地。予自祖国亡后，栖息祖国之土者，凡年有半，所受楚毒，不可纪极。中夜擗踊，往往拊心而悲。卒乃亡命出走，遁迹穷荒，苟延此奄奄一息，聊为无家无国之鲁滨生矣。溯自去国以来，草荣木替者瞬已三更。飘泊他乡，望断家山之月，百忧千愁，丛集吾身，几使吾身弗能复举。衔悲揽涕，汲汲无欢，东望祖国，但有泣下。偶检地图视之，已无吾祖国名字，旧时颜色，亦复尽变，每于斯时，辄为慨息。有时永夜彷徨，吊影茹叹，惝恍中似闻国人呻吟号哭之声，时随东海涛声而至，钩辀格磔，弗能复辨，知吾祖国国语，亦已荡然无存矣。年来羁迹他乡，欲归不得，含哀懊咿，靡复沦脊。欲寄愁于天上，天既弗纳，将埋忧于地下，地非吾土，则不得不寓之于文字，文字有灵，或能少解吾中心悲缠耳。以下日记，为吾三年前在祖国时所记，而祖国亡后一年半中吾民哀哀无告之史，已尽于兹。吾为此记，吾心滋痛，吐之难为声，茹之难为情。盖吾握管时中怀无限之痛苦，欲吐又茹者矣。然而吾心愈痛，吾乃愈欲出此日记以示大千世界有国之人。凡此一字一句，实为吾缕缕之血丝丝之泪凝结而成。俾使后之览者洞知天下亡国之苦，而各各爱其宗国也。某年某月某日亡国奴某和泪志于太平洋中一荒岛上。

九月十日

今日滨暮，斜阳抹屋角，色惨红，如涂人血。晚风飒然来，恍挟鬼哭之声，听之令人魄悚。市上室似悬磬，都作可怜之色。未逃之家，尚有老弱坐门次，目惨红之斜阳，掉头而叹。小鸟觅食街上，唧啾悲鸣，似亦和人太息。斯时为状，盖已至惨矣。阿兄蹀足自外归，掩抑不作一语。就问外间消息如何，则泪已潸潸而下，但谓六国之师已长驱入京，擒总统去，幽于某国使馆中，胁迫甚至。百僚尽降，无一死节，且有出妻孥以献，资彼外兵行乐者。富人之家，都已树顺民之旗，箪食壶浆，以媚外兵，似悦其来灭祖国也。贫家一无所有，无以为献，则扶老挈幼以逃，逃又不知胡适，匪填沟壑，即听胡骑践踏耳。赳赳之士，本所以执干戈而卫社稷者，今乃解甲弃兵，委命于敌。大局如斯，祖国亡矣！阿兄言既，泪下如雨。老父亦噭然而哭，哭久之，始含哀语吾兄弟曰："不意尔父以白头老人，尚复身受

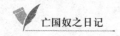

此亡国之苦。后此仰面看人，如何能堪？苟前年即以病死，宁不甚佳？顾乃故故弗死，而吾六十余年托命之祖国，今乃先吾死矣。"老父言时，汶澜弗能自已。予与予妇，亦相持而哭。予子三龄，生小不解事，见乃母恣哭，泪被其靥，则吐其小舌舐之使干，复呜呜然歌，以逗母笑，初不知彼身已为亡国之余孽也。老母卧病于床，闻声弗解所谓，尚探首帷外，微声问何事。阿兄亟趋前，强颜慰之，谓弟及弟妇以细故有所不欢，初亡他事。老母遂无语。入晚，星月俱死，而天半尚深绛如血。乱云叠叠然，若以人肉之片缀合而成。乱云中有异星，状似毛瑟，明光薄照，彻夜弗黯。老父指星微喟曰："国之将亡，固应有此不祥之兆也。"夜中时闻远处有枪声，声声到枕。嗟夫！不知彼外兵杀吾同胞几许矣！

九月十一日

晨起忽大雨，雨脚髟髟，历数小时弗绝。天心殆亦怜吾祖国之覆亡，故下此一副痛泪耶。阴雨中杜鹃苦叫，厥声绝惨，似方唤吾祖国之魂。鹃声雨声少寂，则隐隐闻枪声号哭声相继而起，似在十里以外，令人闻之，心肺皆碎。朝来道路喧传，谓外兵将至，行且大屠村人，夷此全村为平地。于是人咸悚悚惴惴，罔有宁心。小康之家，他徙者又十之四五。予妇凤娇怯，平昔偶闻雷声，尚掩耳辟躄，依吾如小鸟，至是则益辄张，掩袂雪涕，泥予出走。予性謇特，且倔强，谓国既亡矣，去将焉适？况阿母病，在势亦难匿置。壁上龙泉，方夜夜作不平之鸣，果敌人来者，吾剑当饱啜其血。帝天在上，实式凭之。予妇无语，惟有饮泣。予力慰之，且纵声呼曰："汝为吾妻，则当助吾仗剑杀敌耳。奈何恣哭，哭则匪吾妻矣！"妻固爱予，闻语少止。而邻家夫妇啜泣之声，方嘤嘤入吾耳膜，酸楚直劈心房，不忍卒闻。午餐时阿父阿兄及予妇均屏食弗进，相对喟叹。予则据案大嚼，一如平时，谓将长养气力，准备杀敌，俾使知吾中国人中，亦正大有人在也。午后村人逃者益众，各捆载其所有以去，仓皇中什物时时狼藉，不敢拾取，一若彼如狼如虎之外兵，已踵其后者。逃者愈众，秩序愈乱，强者争先奔越，细弱不得前，都被践踏，号哭之声，上彻天衢。间有宵人，益复恣意为恶，每乘人弗备，攫物而逃。村中官长，畏死特甚，已于三日前携其妻妾、财货，不知所往。若辈之腿，似犹较小民长

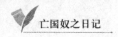
也。予睹此乱离之状，泪已簌簌而落。私念统国无人，百政矫诐，坐使吾庄严灿烂之祖国，土崩鱼烂，至于斯极。然吾小民何辜，乃亦受此惨毒耶！

九月十三日

今日外兵果至矣！凌晨七时许，即闻胡笳之声，呜呜然起于村外，似嘲似讽，似又写其得意，笳声中若曰："中国亡矣！中国亡矣！"未逃之家，闻声则皆张皇，妇孺尽匿草堆中，虽气塞弗顾，或则举室中什物，力堵其门。须臾，外兵已麇至，六国之帜，猎猎然受风而翻。先至村长署前，摘吾国旗下，投之溷圂，即树彼六国之帜以为代。一时村中外兵密布，在在皆是，或碧其眼，或绀其发，或如巨魔，或如侏儒，面上都作偃蹇狠暴之色，望之令人震慑。斯时村长署中，已为一统将所据。署前墙上张一文告，半为蟹行之文，半为不规则之中文，略谓：尔国总统，无力治国，坐使尔小民陷于水深火热之中，弗可猝拔。故吾六大国代彼为之，奄有尔国，从此尔小民即为吾六大国之小民。毋得违抗，敢违抗者，立杀无赦。以下尚有军律十数则，语多恣睢，读之发指。半小时后，忽有外兵六七辈，排闼而入。予刀已半出于鞘，作势欲前顾，为阿父牵掣而止，而刀则已为若辈所见，六七人奋身扑予，夺予刀去，继以大笑，声碟碟然乃如怪鸥。予妇见状，惶悚已极，方将避入卧内，遽为若辈所擒，一一与之亲吻。予妇大号，欲脱不得，间有一人且作佻健之声曰："美哉！东方绵羊也。绵羊无怖，吾辈初非豺狼，今且与汝西方之甜心跳舞者。"语次，遂拥予妇，蹲蹲而舞。予妇已晕，色朽神木，并呼声亦寂。至是予弗能复忍，立脱老父之手，怒扑而前，如虎出柙，猛乃无艺，即力劈六人，夺予妇。方相格间，一枪柄陡著予顶，予仆地晕绝，后事乃一不之省。比苏，则见外兵已去，室中无复完状，如被盗劫。予父予妇，都已失其知觉。阿兄偃卧室隅，呻吟弗已，趋前视之，则额际已被刀创，长五寸许，血尚汩汩而出。予亟问状，始知予晕时，阿兄适归，即发手枪，创其一人。贼辈大怒，并力与格，卒以众寡不敌，为一佩刀所创，痛不可支，立踣于地。贼辈遂尽毁室中物事，呼啸而去。予闻语，既悲且怒，两拳坚握，指爪几透掌背，即裂巾浥阿兄创血，嚼齿言曰："此巾上之血，一日不褪其色泽，吾即一日不忘此仇。祖国虽死，吾心永永弗死。"语至是，阿父及予妇已苏，则相持而

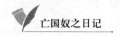

哭，悲哽不能成语。哭未已，而内室中哭声亦作，始忆予子适方酣睡，兹已醒矣。予妇亟起飞步入内，居未久，忽蹒踊大号而出，曰："阿母死矣。"

九月十五日

嗟夫，嗟夫！阿母死矣！阿母之死，实彼虎狼之外兵死之也。盖暮年之人，实已不堪受惊，矧在病中，一惊遂绝。阖家痛哭累日，卒弗能返阿母之魂。自是予既无国，并无母矣。阿父伤心尤甚，时时累唏，既哀祖国，复悼亡人，怅郁无复聊赖，尝语吾兄弟曰："祖国既亡，汝母又死，吾老矣，偷生胡为？脱从汝母长眠地下，尚不失为一有福之人。祖国之事，汝曹图之，吾无能为，惟有从汝母行耳。"吾兄弟力慰之，悲始少杀。然阿母殡殓诸事，乃亦大费周章。首必关白统领，始能成殓。市槽须纳税也，殓须纳税也，葬须纳税也。缘彼军署中已定新章，通告全村，一体遵率。无论生也，死也，畜犬也，畜猫也，畜鸡豕，畜牛羊也，均须纳税，始得无事。村人居宅、窗户有税，阶梯有税，梁柱墙壁有税，人家婚丧，则婚券，有税，柩槽有税，宴客亦须纳税。且每次宴客，不得过十人以外，人多恐有变也。

村人或有顽梗不从，擅敢逃税者，则当处以十年监禁，或流放于五千里外。揣其意殆欲尽置吾人于死地而后已，然吾亡国之民，生杀由人，纵彼苛政如虎，亦惟帖然曲从已耳。嗟夫，亡国之民！

九月二十日

六国之议决矣，以吾国分为六部，由彼六国统治，曰北，曰南，曰东，曰西，曰东北，曰西南。闻今日已在京中签字，行将宣布天下。吾村中外兵，欣喜若狂，军署中置酒高会，以为庆祝。盖瓜分之局，至是定矣。阿父及吾兄弟闭关聚哭，悲不自胜，以香花鲜果，祭吾五色国旗，载哭载拜，与之永诀。而外兵狂歌哗笑之声，时时入耳，直裂吾人之心，至于粉碎。嗟夫！同处世界，同是人类，天胡厚于彼而薄于吾耶！

九月二十五日

六国统治之文，昨已宣布，凡吾国人无不泪零。吾村处于东北，遂在侏儒种统治权下，其他五国之师，均已撤去，易以侏儒兵二千。军署中亦易一侏儒为之长，其人长可三尺，蜂目而豺声，鼻钩曲，如鹰喙，两颊横

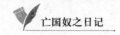

肉隆起，状似恶魔，村人见之，罔不悚息。溯自六国之师入村以来，所以苦吾村人者已至，横征暴敛，民不聊生。向之受于万恶政府下者，今复受之于异族。不特此也，凡吾村中男女，罔不躬被奇辱。女子口辅，几于无一不著腥膻；男子则听其呼叱，听其扑挞，复须以笑容相向，始能自保，苟反唇者，饮弹死矣。故吾人每出，往往俯首不敢仰视，深恐一披若辈逆鳞，必且无幸。亡国之民，凡百但有忍受，何有于人道，更何有于公理？天心仁慈，亦但相彼强国之人，安得矜怜吾哀哀无告之群黎，而加覆庇？盖亡国之奴，匪特见绝于人，且亦见弃于天矣。今日凌晨，又有一伤心之事，益吾忉怛。邻家有儿，年甫七龄，夙兴嬉于门前，意滋自得。陡有一金铃小犬，掉尾而至，猿猵然向儿狂吠，儿怒投之以石，顾石甫脱手，而一弹已中其颅。缘此犬为一侏儒兵所有，此弹亦即出彼手也。儿中弹立仆，惨呼而绝。迨其父母闻声出视，则彼侏儒兵已扬长率犬自去。父母痛哭久之，即抱儿尸，至军署中，哀署长伸其冤抑。署长弗应，麾之门外。二人枕藉阶下，长号弗去，如是久久。署长乃怫然出，厉声谓二人曰："亡国之奴，一死又何足恤？尔二人既爱而子，吾即送尔二人从彼同行可矣。"遂命门前守卒枪杀之。村中之人，无敢发一言鸣此不平者。阿兄愤甚，怀枪欲出，卒为阿父沮格而止。嗟夫！天，世上果尚有人道有公理耶？果公理人道尚未撕灭净尽者，则当哀吾穷黎，毋令彼虎狼残人以逞也。

十月二日

今午十一时许，军署中忽下令遍检全村，人家所有刀剑悉数见收，并一纸刀之微，不得隐藏，有隐藏者，即以叛逆论罪。然而军署所搜，不特刀剑，凡属珍贵之品，亦都挟以俱去。人惟束手听命，弗敢与争，盖枪弹有眼，辄好宅于吾人腹中，唇吻一动，则枉死之城，亦立启其扁矣。军署左近之公地上，忽设一巨桌，桌上有刀二，系以铁索，墙上榜有文告，略谓：民间禁贮寸铁，所有菜肉之类，必携至此间宰割。凡尔村人，切切无违。于是每值午暮，村人麇集巨桌之次，争切弗已。旁有侏儒兵四人为监，有争执者，立予格杀，故人皆噤如寒蝉，缄默不声。一时但有刀声，则则作响，群人愤无所泄，则泄之于菜肉，每嚼龈力下其刀，似即以此菜肉为侏儒之兵者。然亦但有菜蔬，肉初无有，试思亡国之奴，焉得复有食肉相耶？每日之晨，则见此桌下辄有

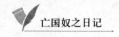

一二人僵卧血泊中，良以亡国余生，生亦无惨，故宵深自刎于此。天下悲惨之事，无以加兹。彼侏儒之兵，本无人心，纵使桌下陈尸如山，亦殊漠然无动。每得一尸，则贻之彼国医士，供其解剖。以是吾人死后，必受断脰刖足洞胸抉心之惨，尚不能全此遗骸，长眠地下。嗟夫！世界虽大，直无一寸一尺为吾亡国奴立锥地矣。

十月八日

日来军署中杀人滋夥，日必十数人。署后行刑场上，草为之赭，溪水粼粼，乃亦带血而流。天下文明之国，本无断头之刑，顾对吾亡国贱奴，在彼尚云匪酷。今日死者凡十二人，其一为少年，年方二十许，以毁谤彼国获罪。其人颇英英有丈夫气，临死不屈，痛骂弗绝于口。头颅着地时，目眦尽裂，似犹腐心于国仇也。其一则为女郎，娇好如玫瑰之葩，闻以受辱于侏儒，投碗创贼头，故亦处死。至是则泪华被其粉颊，宛转娇啼弗已。其他十人，为村中农父，以抗税暴动见絷。十人皆赳赳无所畏慑，视死有如归去，眼赤如血，尚怒视侏儒之兵，停注弗瞬。行刑时，彼侏儒之兵以为杀鸡可以骇猴，则力迫吾人往观，十二颗之头一一而落，全场观者，乃皆痛哭而去，而侏儒兵哗笑之声，方磔磔然与哭声相应。阿父归时悲甚，泪如堕麋。午餐晚餐，均力屏不进。夜深梦回，犹闻其捶床叹息声也。嗟夫！阿父心碎矣。

十月十九日

今晨有二村人偶语街上，为一侏儒兵所见，指为谋叛，捉将军署去。闻将监禁三年，以儆余人。又有一人以书札封口，亦见执。书中但为寻常朋友间道候之词，初无一语侵及彼众，顾亦监禁一年，以为不遵军署约章者戒。予悲愤填膺，恻恻欲死。中夜无寐，但与阿兄相对饮泣。嗟夫，苍天！汝断吾胆可，沥吾血可，寸剐吾四肢百体可，毁吾屋宇可，屠戮吾父母妻子可，然汝必还吾以自由，还吾以真正之自由！

十月三十日

夜来阴云如墨，幂天半，无复纤光，全村似入墨水壶中，而为状又类鬼窟。夜鸟哀鸣，作声如哭，顾乃不知发自何许。鸟声少寂，又闻鬼哭，啾啾然匝于四周，彻夜弗已。盖侏儒兵入村以还，杀人多矣。予既不

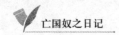

能入寐，则挑灯读越南、朝鲜、波兰、印度、缅甸、埃及六国亡国之史，一时两袖淋浪，都渍泪痕。念吾泱泱大国，胡亦弗能自存于世界，竟从彼六国之后，同为人奴，穷蹇帖屈，无敢自伸。夫以四万万之国民，而无以保此东亚片土，清夜扪心，能无惭汗？恐彼六国之奴，亦且笑吾拙耳。读罢，孤檠已炧，而曙光亦微透入吾疏牖，度彼侏儒之兵，又将磨刀霍霍，准备杀人矣。噫！

十一月三日

日者彼侏儒种忽于村中开学校三所，强迫吾村中子弟及四十以内之男子入校，读彼国之书，操彼国之语。有拒绝不往者，立杀无赦。予椎心泣血，愤不欲生，知彼狼子野心，日益勃发，不特灭吾祖国，且将灭吾祖国文字矣。闻他村及国内其余各部，亦多如是。逆知数十年数百年后，吾祖国四千年来历劫不磨之文字，必且绝迹于世界。仓颉有灵，当亦慨息地下，谓后人之不作也。夜中读法兰西大小说家阿尔芳斯桃苔氏《最后之课》一篇，篇中言一八七〇年德意志攻入法兰西，迫阿尔萨斯人读德文事，行间泻泪，沉痛无伦。吾今自誓当吾祖国文字语言寂灭之最后一刹那顷，纵使吾身不在此世，亦当效彼阿尔萨斯之教师，含此万斛酸泪，蹒跚九邙山下，仍以吾祖国之语，嘶声呼祖国万岁也！

十一月十五日

有一十一二龄之小学生，翔步过街，口中朗然高唱童谣。中有杀尽侏儒种还吾好河山之语，为一侏儒兵所闻，将趋前禽之，童固矫捷，返身立奔，越街三四，逃入其家。兵亦穷追弗舍，竟禽之而去。父母长跽请命，悍然弗顾。此童寻受鞫讯，处鞭笞之刑。行刑时，童之父母复被迫往观。童卓立行刑台上，手反羁，褫衣暴其背，行刑吏手三角之鞭，力鞭童背，每一鞭下，血肉随鞭而飞。童宛转哀号，如羔就宰。父母掩面不忍观，但有痛哭。鞭至百，背肉尽脱，童痛极而晕，哭声亦咽。行刑吏意得，挥其鞭于头上，厥声呼呼然，似亦鸣其得意。而鞭上血丝肉片，乃飞扑观者之面，观者皆泣下，侏儒兵怒，逐之四散。童受刑后，一息奄奄，已不绝如缕。父母号哭舁以归，未及日殃绝矣。兹事之惨，实为从来所未见。予今枯坐斗室，拈笔记此，灯影憧憧中，恍见彼童辗转鞭下之状，而哀号惨呼之声，亦尚荡漾吾耳。吾心匪石，能不寸裂？笔著纸上，泪亦随落，一片

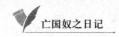

啼痕，湿透蛮笺十幅矣。嗟夫，苍天！汝心何忍，乃竟听彼虎狼虔刘吾民，无有已时耶！

十一月二十一日

昨有友人自南方来，挟护照无算，历艰苦无算，始得到此，而一身所有，亦于此一行中荡然矣。友固别有主人，非受侏儒种统辖者。其来也，实为苦虐，然而吾人之苦，亦何尝次于南方！友直出虎口而膏狼吻耳。吾二人阔别数载，至是则相持大哭。回忆当年相见，尚为有国之人，握手言欢，乐乃无极。而今则囚头丧面，同为人奴，餐血饮泪，但求一死，顾此一死，亦尚不可即得也。哭少间，吾友始以南方同胞之惨状，觊缕相告。予则悲哽无言，但以日记示彼。"无端天地忽生我，如此河山竟付人"，读三韩遗民之诗，有同慨矣！

十二月一日

今日薄暮，斜阳黯澹如死，尖风薄衣袂，冷入骨髓，与吾友出外同步。遇一三韩少年于窄巷中，斜眸睨予而笑，如嘲如讽，意似轻予。予弗能耐，盛气问曰："汝笑胡为？"少年笑如故，冷然曰："亡国之奴，胡咄咄逼人如是！果能以此状向彼军署中人者，则吾服汝有胆。"予大声曰："汝非亦亡国奴耶？"彼少年复冷然曰："亡国固也，然吾人但为一重之奴隶，而若曹则为六重之奴隶，此着吾犹胜汝耳。"语既，长笑自去。予与吾友木立移时，痛哭而归，从此杜门蛰处，裹足不复出。

十二月七日

嗟夫，嗟夫！吾挚爱之阿父，今亦弃吾去矣！阿父初无疾病，第以邑郁所致。自祖国覆亡以来，时辄揾泪唶叹，未及两月，须发尽白。盖天下之足以斫丧人者，匪特光阴，忧伤憔悴，为力较光阴伟也。阿父临终，痛苦似已尽祛，额上皱纹，都化乌有。忽展辅莞尔而笑，笑久之，即向吾兄弟索国旗，怀之胸次，如慈母之乳其婴雏也者。已复亲之数四，语吾兄弟曰："吾今死矣，一死之后，痛苦亦了。自问一生无罪，或能诞登天上，依吾国魂。至吾遗骸，则可付之一炬，归于溟漠，然后收拾余烬，扬之东海。祖国已无干净之土，何地可以葬吾。且亡国贱奴，死而速朽，奚必留此坏土，更供后人讪笑。他日祖国残魂，果得汝曹拯拔，则吾魂纵陷泥淖，亦所诚甘。此祖国之

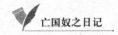

徽，汝曹当什袭珍藏。须知老父躯壳虽死，心实未死，尚冀其破壁飞去，风翻于日所出没处也。老父行矣！汝曹为国自爱。"语次，则复亲其国旗，一笑而绝。予与阿兄均大恸，吾妻亦痛哭而晕。哭声方纵，而侏儒之兵，已来干涉矣。嗟夫，嗟夫！笑既弗能，哭又不得，岂吾亡国之奴，并此哭笑弗克自由耶？

十二月十三日

夜来雪花怒飞，天地俱白，意者天亦有知，故特为吾祖国服丧也耶。中怀憭慄，愁逼夜长，因与阿兄挑灯读越南亡国史，相对哽咽，弗能自已。读未半，得义士阮忠巽事，不觉为之起舞。阮忠巽者，越南少年，见祖国沦亡，愤不欲生，遂杀其妻子，率族中子弟五百人，编成决死军，与法人搏战于喀桑团柏间。十进十捷，所向披靡，敌畏之如虎。会有奸人通敌，诱阮深入，敌凭险筑垒困之，始败。法将令寸磔以徇，子弟五百人，无一免者。忠巽临死，有绝命诗云：万缕血花能障海，九原雄鬼本无家。亡国英雄，其亦可以风矣！予读已，即回眸注阿兄面悄然言曰："阿兄勉旃。"阿兄亦顾予曰："阿弟勉旃。"遂各亲吾国旗，久久无语。

十二月二十九日

晨五时，曙光甫抉，云幕外透，忽闻门外有辘辘之声。就窗隙外窥，见为囚车，监以侏儒之兵。车上无马，而以老囚十数人拽之前趋。车中载妇孺无算，殆往军署去者，至以何罪见絷，则不可知。即此辈老囚，亦初无罪，只以偶出一语，侵及彼族，遂致困于犴狴，备受缧绁之苦。然而吾人亦何一不在此无形之犴狴中耶？尔时诸老人彳亍雪中，弥觉艰苦，中有一叟，殆在七十以外，须发已如银丝，观其驼背龙钟，弥复可怜。行少滞，则彼侏儒之兵挥鞭力策其背，计行十数武，而鞭亦十数下矣。老人不敢较，力支其羸弱之躯，冒死而前，顾亦于晓风中颤动弗已。足跣不履，受冻而溃，血涌出如泉，地上积雪，斑斑都著红痕。复行十数武，老人忽仆，侏儒兵下鞭益力，似将以鞭扶之起者，而老人惟有哀号，惫弗能起。予睹斯状，血管中怒血已沸，立探袒衣，出一密藏之手枪，向彼侏儒兵续续而发，侏儒兵著弹遂仆。他兵大哗，群奔吾屋，阿兄方起，不及抵抗，

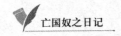

立死刺刀之下，予妇予子，亦均被杀。予隐身几后，发
枪御敌，直欲尽歼群丑，于心始快，来者七人，卒乃
一一都死。于是出至屋外，释诸老人及囚车中妇孺去。
入屋抚阿兄妻子尸，纵声一恸，草草痤之屋后，立标为
志。次即挟枪佩刀，飘然出走，狂奔十余里，不遇一
敌，乃入一森林而息。此记亦即记之森林中者，而今而
后，予遂为无家无国之身矣。噫！

十二月三十日

嗟夫，嗟夫！予今别吾挚爱之祖国去矣！峨峨者祖
国之山耶，汤汤者祖国之水耶！小别须臾，会有见期。
当小子生还之日，即日月重光之年。天长地久，斯言不
渝。今后小子虽栖息穷荒，去国日远，而耿耿此心，则
仍祖国心也。别矣，祖国！行再相见！

> 周瘦鹃曰：吾草斯篇，吾悄然以思，悄
> 然以悲，悄然以惧。吾心痛，如寸劚。吾血
> 冷，如饮冰。吾四肢百体，亦为之震震而颤。
> 吾乃自疑，疑吾身已为亡国之奴，魑魅魍魉，
> 环侍吾侧，一一加吾以揶揄。于是吾又自问，

问吾祖国其已亡也耶，然而此中华民国四字，固犹明明在也。吾祖国其未亡也耶，则一切主权奚为操之他人，而年年之五月九日，奚为名之曰国耻纪念之日？吾尝读越南、朝鲜、缅甸、印度、波兰、埃及亡国史矣，则觉吾国现象，乃与彼六国亡时情状一一都肖。吾乃不得不佩吾国人摹仿亡国，何若是其工也！于是吾又悄然以思，悄然以悲，悄然以惧，设身为亡国之奴，草兹《亡国奴之日记》。吾岂好为不祥之言哉？将以警吾醉生梦死之国人，力自振作，俾不应吾不祥之言，陷入奴籍耳。尝忆十年以前，英国大小说家威廉勒苟氏草《入寇》一书，言德意志攻入英国，全国尽陷，虽凭理想，几同实录。夫以英国之强，苟氏尚复发为危辞，警其国人。今吾祖国之不振如是，则此《亡国奴之日记》又乌可以不作哉？吾记告成，乃在凄风苦雨之宵，掷笔汰澜，忧沉沉来袭吾心，惝恍中似闻痛哭之声，匝于八表；摩眼四顾，则又杳无所见。而冥冥中若有人焉，作释迦大狮子吼，朗然谓吾曰："是汝祖国之

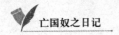

魂也，方在泥淖中哀其子孙，加以拯拔耳。"

国人乎，汝其谛听！

瘦鹃又曰："此日记，理想之日记也。吾亦愿此理想，终为理想。"

卖国奴之日记

序

予曩作亡国奴日记，尝为之雪涕无数，当夫着笔之际，盖亦疑己身为亡国奴矣。今为斯作，体卖国奴之意，作卖国奴之口吻，又几自疑为卖国奴。其络绎于行墨间者，多无耻之语，为吾人所不欲道，不屑道者。顾吾欲状卖国奴，状之而欲逼肖，则不得不悍然道之，其苦痛为何如。此书之作，冷嘲与热骂俱备，而写末路之窘促，穷极酣畅，盖区区之意，即在警吾国人，俾知卖国奴之可为而不可为耳。

大中华民国八年五月九日瘦鹃识于紫罗兰庵

唉，我是个甚么人？我的皮肤是黄黄的，我的眼

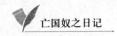

睛是黑黑的，我说的是中国的语言，我写的是中国的文字；我世世祖宗，是中国的人，我周身血管中，流着中国人的血。如此我可不是个中国人么？但是全中国的男女老幼，却都不当我是中国人。一见了我，便戟手大骂道：你不是我们中国人，你是外国人的走狗，没志气没良心，没一丝中国人气味的。这中国一片干净土上，可容不得你这个人面兽心的恶贼奴。我有几个好友，一向殷勤握手，杯酒往来，很知己很密切的。如今一见我，却好似遇了鬼，忙着避开去，连正眼儿都不向我瞧一瞧。有的瞅了我一眼，嗤嗤的冷笑几声。唉，我好好一个须眉男子，为甚么给人家奚落到这般田地？这不是我自作之孽么？

每天早上起来，取各处新闻纸翻开一瞧，大半是记着我的事和痛骂我的文章。我那很荣耀的姓名上边，已加上了个卖国奴的头衔。这卖国奴三字，实是世界中一个最耻辱最难受的名词。要是骂我牛，骂我马，骂我乌龟，骂我杀人放火的强盗，倒也罢了。偏偏骂我是卖国奴，从此以后我额上好似把烙铁烙着这三字，永远不能擦去。且还深深地刻在我骨上，将来我死了。肉体都烂完，我这几根贱骨留在世界中，依旧磨不了这卖国奴的恶名。就是我现在不论到哪里，渡过太平洋大西洋，飞过东半球西半球，赶到世界的尽头处，或是跳出地球，直到八大行星里边，那恶名也好像插了翅似的，跟着我，缠在我身上，凭你用了一万把钢刀来劈，也劈他不开。我虽到了深山中无人之境，没人嘲笑我痛骂我，但我本身总是个卖国奴，我精神上和良心上的痛苦，比了人家嘲笑和痛骂更觉难受。况且山中豺狼虎豹，都知道爱他们窟宅爱他们同类的，倘见我这么一个卖祖国卖同胞的恶人，可不要把我生吞活剥么？唉，罢了罢了，事已到此，还有甚么话说。半夜里钟定人静的当儿，摸着心想想，总觉得有一万个对不起祖国对不起同胞的所在。不见如今国已亡了，做了人家的属国了，四万万高贵的同胞，也缚手缚脚做人家的奴隶了。我千万的家产，本是靠着卖国挣起来的，现在已给外国人夺去了。我的父母已不认我是儿子了，我的妻妾已不认我是丈夫了，我的兄弟已不认我是弟兄了，我的儿女已不认我是父亲了。我的亲戚朋友，已和我断绝关系了。我在这世界上，从前是热烘烘的，大家都捧着我，到如今却成了个单身汉，一个人局天蹐地，不知道把这身体放在那里才好。抬起眼来望天，仿佛听得天上怒声说道：你

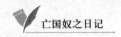

这贼，你这没良心的卖国奴，我不愿覆你。低下头去看地，又仿佛听得地下怒声说道：你这贼，你这没良心的卖国奴，我不愿载你。天既不覆，地又不载，国既亡了，家又破了，想不到一个有作有为轰轰烈烈的好男子，却变做了个无国无家天诛地灭的大罪人。至于那亡国后的惨状，说来也觉伤心，凭着我这一张嘴，一枝笔，怕也说他不完，写他不尽。森森血波，卷去了五千年祖国；荒荒泪海，葬送了四百兆同胞。放眼瞧去，但见那血红的斜阳，冷照着无数颓井断垣，做出一派可怜景色。但剩几头无家可归的燕子，还在那里呢喃上下，似乎相对话兴亡的一般。唉！天翻地覆，鬼哭神号，把好好一面庄严灿烂的五色国旗，掉在泥淖里头，使那亲爱的同胞，一个个都做了牛马奴隶。这就是我卖国卖同胞的良好成绩，虽把我千刀万剐，也抵不了这罪恶的。唉！一念之错，种下了恶因，千里之谬，便结了个恶果。今天五月九日，是个国耻纪念日，也是我祖国灭亡的大纪念日。我只一见了日历上五月九日四字，就中了寒似的，忒楞楞地颤个不住。心中不知怎么，像有千万枝的小针，在里边乱刺乱戳。清早无事把日记簿看了一遍，打算给全世界做国民的人瞧瞧。要知为了千万金钱，卖去祖国，祖国亡了，钱仍没有。往后任你把金钱堆上天去，可不能再把祖国买回来。愿大家看了我日记，知道无国之苦，不要学我做卖国奴，临了儿也像我这么下场呢。祖国亡后第一周年纪念日卖国奴某某志。

一月三日

今天是新年第三日，积雪刚化尽，一轮红日烘在窗上，做着美满之色，好似向我贺年一般。书房中一株绿萼梅，檀心半吐，绿沉沉的十分好看。还有那兰花的一脉清香，散在四面，更薰得人心也醉了。我信步踱到客堂中，抬眼四望，见我宝藏着的许多字画，已挂了几幅最精的出来。桌上几上，还陈列着几十件名贵的古董，真个琳琅满目，古色古香。单是这些字画古董，我已化了几万块钱咧。想起从前读书时，要买一本西洋书也没有钱；现在一做大官，飞黄腾达，腰包里钱已装饱了。别说是买些字画古董，没有甚么希罕，就要买人家的灵魂，也买得到。不见我手下那些掇臂捧屁的人，我只略略使几个钱，就甚么都肯做，不是把灵魂卖给我么。思想起来，好不有趣。正在这当儿，我那老妻恰出来，他平日间本打扮得像孔雀一样，今天是年初三，更加上了

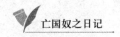

几倍美丽，几乎把他所有珠翠钻玉，全个儿载在身上。当下我向她上下打量了一会，笑着说道："今天你不但像孔雀，更好像凤凰了。记得二十年前，你在新年中怎么样？穿一件半新旧的玄色花缎皮袄，戴上了两个金戒指，你就欢喜得甚么似的。"我老妻听了这话，啐了我一口道："你不要单刻薄我了，二十年前你又怎么样？不是穿一件竹布长衫，提着网篮上东洋去么？你们男子生在中国，不论做甚么，总比不上做官好。国家虽越发穷，你们却越发富了。"我点头微笑。

一月五日

昨夜在八大胡同窑子里闹了一夜，灯红酒绿中，真觉得魂销心醉了。今天睡了半天，午后才起来，想起夜来的事，还津津有味。吃罢饭，部中已有一叠公文送来。我一瞧便头痛，想大年初五，怎么就有公文，真累死人了。自管搁在一边，等到明天再说。在兰花前立了半晌，闻了一会香味，想上一个姓罗的老友家里打扑克去，只不知道怎么，很觉懒懒的，老大的不得劲儿。随手在书架中取了一本李完用小传，坐在沙发中翻着观看，想象李完用这种人，真是个识时务的俊杰。高丽全国要算他是第一个明白事理的人，他见国家弄得不像样了，就索性做个买卖，把万里江山，全都卖给了人家，不去管小百姓哭着叫着，自己早发了一大注意外之亡国财了，安安稳稳做个亡国大夫，还能讨外国人的欢喜，依旧给他安富尊荣，世世子孙吃着不尽。谁说卖国奴做不得呢？现在我瞧这中国也弄得不像样了，我们做官的，谁也不爱钱？这一宗好买卖，不要被人家占了先去，我可要试他一试咧。

二月九日

今夜我家开了个夜宴会，请了几个东国的政客和资本家，座上还有那姓罗的老友和一二同事做伴客，济济一堂，热闹非常。最荣耀的就是那几位上国的名人，一起都到，和我十分亲热，说我们中国人才，无论外交内政，要算我坐一把交椅。这种宠语，真个铭心刻骨，一辈子忘不了的。我对于那东国，本来很崇拜很敬爱，我们这中国，可就不在我心坎上。瞧上下百事，哪里比得上东国。就是东国国民，也都是上天的骄子，聪明伶俐，人人可爱。别说是上流社会中人了，就是一个化子，也使人见了欢喜的。那时我就把这意思在席上演说

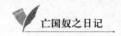

一回，又擎了酒杯，喊三声大东国万岁。他们一行人见我这样讨好，甚是快乐。内中一个年长的竟赶过来和我亲嘴，又抚着我头说道："中国人中，也惟有你最可爱，我永永欢喜你。"呵呵，我今夜真荣耀极了。夜半将过，大家益发高兴，便招了许多妓女，唱曲侑酒，又唤我两个小姜出来，行那青衣行酒的故事，直把那几位上客，灌饱了迷汤，这一下子可也是一种外交手段呢。席散时已两点多钟，我便把自己汽车，又雇了十多辆，一个个送他们回去。这一夜的盛会，直是我年来最快乐的事。

二月二十二日

今天姓罗的朋友来访，便同到书房里细细的谈心。这老罗本是我最知己的朋友，他一向居着重要位置，也像我一样崇拜东国。凡是对于东国有甚么银钱上的事，政府中总派我们两人去办。另外有一个朋友姓张的，在东国做地皮大掮客，也是我生平好友。我们三个人，彼此志同道合，分外投契。这老张久住东国，自然更和东国人接近。所往来的都是东国数一数二的大人物，有时还能拜见东国圣上大皇帝，真荣耀到了万分。一连三年，他真好似住在三十三天堂之上，不想回来。他曾写信给我，说恨不得归化大东国，做个大东国民呢。我也很赞成他的意思，但望这中国亡后，我们就能像淮南鸡犬，拔宅飞升，一个个到东国去逍遥咧。那时我和老罗说了些闲话，便讲起我们中国财政上的困难，任是管财政的本领怎么大，但是巧妇难为无米炊，可也没有法儿想。我们曾经手过一二十种借款，随意把铁路林矿抵押，算来已借到了好几千万。虽然国家产业上大受损失，只送给大东国受用，也一百二十个情愿。借款越多，我们回扣越大。就我家产二千多万，也都从借款上得来的。况且国中小百姓最容易说话，听我们怎么样做去，从不敢哼一声儿。我们便把这偌大中国半送半卖，给东国做一份大礼物，他们却还昏昏沉沉，在鼓儿里做梦呢。

三月八日

早上十点钟时，我刚从床上醒回来。喝了一盏燕窝汤，逗着小妾们调笑。连那洋台上一架鹦鹉，也格格磔磔学着掉舌起来。正在这时，忽有一个婢女，取了封信进来。拆开一看，原来是政府中一个姓窦的送来的，

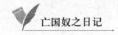

唤我午后一时到他家里去走遭，说有很要紧的事要和我商量。这姓窦的是政府中第一个大人物，手中握着军国大权，势力极大。他说一句话，谁敢不听。手下有个姓齐的，也是很利害的人，翻云覆雨，要算他一等名工。并且生着个苏秦张仪的舌子，死的能说得像活的一般。平日喜欢搬弄是非，经他一说，便无事变做有事，掀起天大的风潮来。因此人家替他题了个绰号，叫做小扇子。他说甚么话，那老窦百依百顺，没有不听的。这回写信来唤我，大概又是他在那里捣鬼呢。用过午饭，我就坐了汽车，直到老窦家里。那小齐和老罗也都在着，大家在密室中坐定，锁上了门，怕被旁人偷听。当下老窦就向我说："现在国库空虚，实在窘极了，没有钱如何做事？向各处罗掘，也弄不到几个钱，没法儿想，只得再去借款。你向来和东国熟悉的，对于借款这种事又很有经验，这事可又不得不拜托你了。"那小齐也接着说："现在世界中最富的国度，谁也比不上东国，他们当国的又非常慷慨，我们要借多少，总依我们多少。这回须得大大的借他一批，多用几天，不要零零碎碎，一转眼就没有了。国家没有钱，倒不必管他，最怕的便把我们也带在窘乡里头，这可不是事呢。"我点头笑道：

"要借几个钱，那是很容易的事。只消我一开口，东国的人，谁也肯借钱给我。横竖我们国产很多，任便押去一些，有甚么希罕，只求东国人中意罢了。老罗也说，借款的事，有我们两三人在着，东国没有不帮忙的。中国有这么大的地方，哪一个不爱？我们正不必忧没钱使用。譬如女孩子有三分姿色，样样肯依从人家，还怕没有饭吃，生生饿死么？"小齐忙道："着啊着啊，事儿成了，我们大家都有利益。"半点钟后，商量定妥，我和老罗一同辞了出来。到门口时，他涎皮涎脸的向我说道："老哥，我们又有发财的机会来了。"

三月二十七日

这几天来，为了借款的事，天天忙着和东国的政客大资本家接洽。那老罗也跟着我跑，一会儿上东国使馆，一会儿上六国饭店，一会儿上国务院，一会儿上银行，一会儿又在东国政客和大资本家的寓中。真个脚跟无线如蓬转，忙得头也昏了。一面又写信到东国去，托那姓张的地皮大掮客，在东国方面周旋一切。可是借款的事，虽说容易，到底也不是一说就能成功的。我们为自己发财起见，不得不担些辛苦。昨儿有一个老同学从

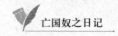
南方来，特地赶来看我。我恰恰从东国使馆回到家里，没口子嚷着忙。那老同学说："你做官也好几年了，手头钱已不少，何必如此劳动，自己寻苦恼吃。加着所做的事，也总不免有一二件对不起良心的，万一闹出来，可要受人唾骂呢。"我回他说："我们一做了官，就好似着了迷，一时不易丢手。觉得在位时有权有势，甚么都很有趣。至于良心两字，委实说早就没有的了。我们要怎么样，就怎么样，可也顾不得受人唾骂。这就叫做笑骂由他笑骂，好官我自为之。心中存着这两句格言，还怕甚么来？"那老同学怕我生气，也不敢多说甚么，末后道了声珍重，兴辞而去。

四月一日

今天借款已告成了，一共是三千万。把东北两处的林矿作抵，限期十年，利息七厘五。我在这上边又得了一笔很大的回扣，可是这一宗买卖，不像以前那么零碎，数目很大了。有人说那边的树林，实是中国最大的富源，所出木料，用他三百年也用不完。如今白白送去，岂不可惜。但我可也顾不到许多，没有这香饵，怎能去钓那三千万来。我瞧中国的命运不过三年，最多也

不到三十年，管他能用三百年、三千年，国亡后一样是
给人家受用的，何不趁早在我手中送去，既换到一笔
钱，又买东国人的欢心，又借此见我们中国的一片厚
意，可不是一举三得么？那几棵树留着做甚么用？难道
等亡国以后，给四万万人做棺材不成？下半天三点钟，
已和东国代表订了约，这事总算定了。

四月二日

午刻十二点钟，我家又开了个宴会，专请东国名
流，祝贺这回借款的成功。一切酒菜，都分外讲究，请
了第一等有名的厨子，担任烹调，足足化了三四百块
钱。那许多名流，一齐到来，共有三四十人，也有文
官，也有武官，真个猛将如云，谋臣如雨。这都是东国
大皇帝的股肱，我直当他们像天上大神一般，酒酣耳
热，大家高兴非常，都起来唱一支东国的国歌和祝颂东
国大皇帝的一首长诗。从前我在东国留学时，早就预备
有今天做外交大官的地步，因此唱得烂熟。此刻便也立
了起来，和着他们高唱，一时间心血来潮，觉得自己已
不是中国人，不受中国的俸禄，倒像也做了东国的人，
在东国大皇帝陛阶之下泥首称臣的一般。唱罢了歌，内

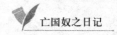

中有几位新从东国来的，没有见过我夫人和小妾，都说
要见一见，好赏识赏识中国美人的姿态。我哪敢不依，
连忙唤下人们传话进去。不多一会，他们三人已打扮好
了，袅袅婷婷的出来，逐一和列位上客握手行礼。这种
事他们原惯了的，所以并没一丝羞涩的模样。霎时间十
多个人都拍手欢呼，说今天才见到中国的美人了，好美
丽，好美丽。其余二十多人也和着拍手，我听他们赞赏
妻妾，觉得脸上平添了一重光彩，心中更高兴起来，便
又打发下人往八大胡同去找个有名的乐师来，唤小妾们
合唱一出武家坡。他们俩本是窑子出身，武家坡又是拿
手，弦索声动，那珠喉也和着宛宛的响了起来。一出唱
完，大家又拍手喝采，小妾们含笑谢了一声，便同着夫
人进内去了。当下二十三人都来和我握手，说你们中国
妇人真了不得，怎么大半都会唱曲子。八大胡同里的姑
娘们不要说了，怎么官眷们也会唱起曲来。我含糊答
应，并不和他们说明白。我如今做这日记时，仿佛还听
得他们一片赞美声咧。不过我写到这里，却记起了前清
时的一件事。记得有一回也在很高兴的当儿，恰有一个
满洲的亲贵在着。那时我位置还小，对着王公大臣，自
然格外奉承，忙唤小妾唱了一曲。后来不知怎么，被人

知道了，有一个嚼舌头的文人做了一首诗嘲笑我，我曾在报上见过。至今还记得，那诗道："郎自升官姜按歌，外交手段较如何，三年海外终何用，未抵春宵一刻多。"想起了现在的事，不免起一种感触呢。

四月七日

这几天欧洲和会中传来一个消息，说我们的外交问题已完全失败，给东国占了胜利去。试想我们中国懦弱到这个地步，哪里配得上说甚么外交。更想去和东国的外交家较量，那更好似螳臂当车，未免太不量力了。平日间我常和政府中人说，对于东国的外交，不妨让步。彼此是兄弟之国，何必斤斤较量。他们要甚么土地林矿铁路之类，尽可送些给他们。譬如弟弟问哥哥要个饼吃，做了哥哥，难道好意思拒绝他么？所以这回失败，也是情理中应有的事。谁教他们如此小家气，中国二十二行省，大也大极了，割去一小块，算得甚么。譬如牯牛身上拔根毛，又何必和人家认真呢？最可笑的是那些小百姓，一些儿不懂甚么，居然也说起爱国来。其实这中国是我们大人先生的中国，谁要你们爱他，我们大人先生倘要把中国送人，也不许你们说一句话，小百

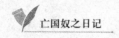

姓也说爱国真放肆极了。

四月九日

我那姓张的朋友已从东国回来了，他年来做地皮掮客，十分得手，和东国上下非常亲密，直好似自己人一般。我经手一切大小借款，在东国方面他委实很出力的。这回回来，也就为了欧洲和会先有中国外交胜利的消息。他一听得东国失利，急得甚么似的，因此赶回来，想在政府中活动，暗暗使我们中国的外交一败涂地，也算报答东国几年来知遇之恩。这种有情有义的人，真是世界中少有的了。他一回国，先就赶来瞧我，我把东国的情形问了一番，又问起东国大皇帝对我们的意向。知道大皇帝因为我们很能替东国尽忠，十分嘉奖，将来中国亡时，我可不怕没有官做呢。接着我又问他路上的情形，一路可平安么？他说："路上倒很平安，因为临行时，曾密托各处巡警，设法保护。不过在东国京城旧桥车站上火车时，却受了一些虚惊，有三十多个该死的留学生，忽地握着小旗，赶上车站来，扯住了问我从那年来到东国以后，经手过多少借款，订过多少密约，又做下了多少丧权辱国的事。我面皮虽厚，听了这番话，脸儿也顿时涨得绯红，竟像了个猢狲的屁股，一时吓呆了，兀的回不出一句话。他们又说道，你既爱卖国，为甚么不把老婆也卖掉了。那时我夫人正在旁边，羞得头也抬不起来。亏得有几个东国巡警见义勇为，把他们驱散了，我们才能上车。一路在火车中，我心中老大的不快，直把那些狗留学生恨得个牙痒痒地。想我如今回国去了，算便宜了他们，往后再来时，可要和他们细细算账。后来在神窗地方上船，我那夫人又和我闹将起来，一壁哭，一壁诉说。说父母清白之躯，不知道多早晚晦气，才嫁了你，如今平白地受人污辱，有冤可没处伸呢。我先还不则一声，听她一个人闹去，后来忍不住了便回她一句道，你不要唠叨了，我卖国得来的回扣，不是我一个人享用的，你也用过不少。到此她才没有话说，但还不住的哭，面上泪渍，到了中国还没有干咧。"我听他说完，便安慰了他几句，说："这种事不算难受，从前淮阴侯韩信曾受胯下之辱，并不计较，何况是听他们嘴上骂骂呢。我们做官已好几年了，面皮练得厚，肚子练得大，挨骂受气都要耐得下。这一着老哥怕比不上我了。"这时天已入夜，我就留他吃了夜饭，谈到深夜才去。

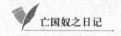

四月二十日

中国外交失败的消息，如今已证实了。民心甚是激昂，又发起电报狂来，东也一个电报，西也一个电报，拍到政府中，无非是请政府设法补救的话。呵呵，世界中有这等不解事的人，要知外交怎么失败，全是我们在暗中牵线，别说补救不易，就要补救时，我们也不让他补救呢。同事中有几个呆子，这几天也闹着爱国，见了人便皱着眉说："中国真糟极了，这样下去，怕不免亡国。"这种人平日呆呆的，只知埋头在公文中办事，今天上条陈，说实业该怎么样提倡；明天上说帖，又说吏治该怎么样整顿。一天到晚，只在那里说梦话，不想和东国大人物联络联络。将来中国一亡，他们一定饿死，怎能像我们永远保着富贵荣华呢？现在他们尽自忧急，我却分外得意，日中在家里睡觉，或是和小妾们调笑，借此消遣。晚上到八大胡同去喝酒打牌，不到天明，决不回家。这真是人世间的极乐国土，不但使人乐而忘倦，直使人乐而忘死咧。光阴容易，白发催人，我已四十多岁的人了，趁此不寻些快乐，还等甚么时候。至于中国亡不亡，又干我甚么鸟事啊。

四月二十四日

前天我父亲在兴头上，请了许多亲戚朋友，在家里小叙。我本来架子很大的，对于从前一班亲戚朋友，早就不大理会。今天碍着父亲面子，不得不做个伴客，敷衍一下子。不道小妾佩春，忽又麻烦起来，嬲着我替她表兄谋事，又说要借一千块钱，应个急用。我给她缠不过，匆匆忙忙取了个折子给她，唤她自往银行中提一千块钱好了。这夜佩春回来，和我说："那折子并不是提钱的，却是个大借款贴水息折。已请人看过，据说很秘密，很要紧的。现在这息折存在我处，你可打算要不要？"我一听这话，大大吃了一惊，暗暗骂自己太糊涂了，怎么胡乱把这万分重要的折子给她。万一宣布出去，可就要我性命咧。当下忙道："这折子非同小可，你快取来还我。"她笑着说："还你没有如此容易，须有交换条件。"我说："你们女人家，有甚么条件不条件。快还了我，别说玩话了。"她却正色道："我并不说玩话，当真有条件在这里，你可能依我不依我？倘依我的，我便原封不动的还给你，要是说一个不字时，我可……"我不耐道："你快说来，这样半真半假的呕着

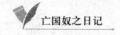

人，算甚么来。"她顿了一顿，便伸着五个纤指，数了一数，娇声说道："条件不多，不过三条罢了。第一条，你以后须得许我自由，不能约束我的身体，譬如我今夜宿在外边，就宿在外边，你不能干涉。第二条，须得抬高我身分，和正夫人一样，对于家中上下的事，都有全权过问。第三条，须得给我十万块钱，做个零用之费。"说完，竟取了张纸儿出来，要我签字画押。我见她条件很严酷，哪肯答应。但那秘密要件掉在她手里，又不敢不答应。一时我倒给她逼得无可如何，只索忍痛签下了字，心想这女孩子倒也是个外交家，这一副辣手段，煞是不弱，可不是个女中铁血宰相俾斯麦么？那时她把签字的纸儿瞧了又瞧，似乎很满意。这才笑孜孜的掏出那折子来，双手还给我，一面还说："以后留心些儿，不要再掉在旁的人手里，怕要断送你老头皮呢。"我好生懊恼，给他个不理会。

五月一日

今天早上有一个好友气嘘嘘地赶到我家里来，说这几天为了欧洲和会上中国外交失败的事，国内爱国的潮流，已涨得很高。一般人对于接近东国的官员，都有一种恶感。听说京城里学生们已在暗中会议，打算有所举动，表示他们的爱国，你须要提防着呢。我听他这话，毫不在意，嗤的冷笑了一声道："多谢你关怀，但据我眼中瞧来，学生们都是小孩子，最多也不过开开会，演说几句，可闹不出甚么事来，我倒并不怕他们，看他们怎样好了。"这当儿那老张和老罗恰一同到来，他们听了，也付之一笑，说："这有甚么大惊小怪，小孩子们识了几个斗大的字，满口子说着爱国，要闹可就闹不起来，我们且看着罢。"那朋友见我们不信他的话，也就没精打采的去了。

五月四日

下半天三点钟光景，我刚吃过了饭，那老张忽又同着个东国朋友跑了来，大家谈论赞助东国外交的事。正在高谈阔论的当儿，猛听得门外起了一片呐喊之声。他们两人谈得高兴，似乎没有觉得，我不知就里，即忙溜到外边去看看风色。刚走近大门，听得外边喊着我姓名，又骂着卖国奴卖国奴，沿街的窗也打开了，抛进许多白色的旗子来，上边都写着字，也瞧不出写些甚么。我见来势不妙，正想进去通知老张和那东国朋友，不道

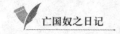

轰的一声，大门也坍塌了。我一吓一个回旋，拔脚就逃，跑到后面，想开了后门出去。只怕外面也守着人，便想了个狗急跳墙之计。好容易爬上了墙，向墙外跳去，究竟我不是日常运动的人，身手不大灵捷，跳下地时便摔伤了腿。我想这一下子，曹国舅不要变了个铁拐李呢。起身走时，蓦觉腿子很痛。恰巧这卖国奴，今天你把我们也累死了。醒回来时，我的心还突突乱跳，按也按捺不住。暗想我到底是卖国奴不是呢，其实我何曾真个卖国，这几年来不过经手一二十种借款。如今政府中单靠着借款度日，大家又挥霍得利害，越借越多，地产林矿铁路之类，一起做了抵押。到十年二十年后，期限到了，天上没有钱掉下来，地下没有钱涌出来，可把甚么东西去还债，那地产林矿铁路之类，少不得送给人家了。仔细想来，我当真是卖国，但是卖国的人，不是我一个，卖国的罪，我也决不承认。要是大家逼我时，我可只索向东国溜了。用过早饭，忙变了装，赶到老罗家里去。探望家人，问起昨天的情形，据说那些暴徒都是学堂里学生，打开大门拥进来时，那老张和东国朋友都着了慌，正想逃走，不道学生们已进了客厅。一见便嚷道："他就是姓张的，也是个卖国奴。"当下便拥上前去，要和他算卖国账。那东国朋友自然帮老张的，不许他们走近。这么一来，大家生了气，都喊着打打。索性拿住了老张，按倒在地，拳脚像雨点般下来。那东国朋友前后招架，可也没用，看看老张头面上血渍模糊，知道已受了重伤，连忙把身体覆在他身上，学生们才住了手。这时我父亲在里边听得了声音，出来瞧甚么事。学生们说："这是卖国奴的父亲，该打。"因此也挨了几拳，其余妻妾们倒承他们照顾，没有受辱，同着父亲一起逃出来。可怜我那许多古董都遭了劫，被他们捣个粉碎。正在这当儿，不知怎么又起火了。我听了他们一番讲述，心中又怒又恨，只苦的没处发作。但能咬牙切齿，把这回事记在心上，将来不报仇，可算不得个大丈夫呢。当下我又和老罗说了几句，劝他留心些儿，说我和老张已吃了苦了，第三个就轮到你，你可不要大意啊。老罗灰白了脸，忔愣愣地颤着说："从昨天以来，险些吓破了胆。晚上睡了，时时惊醒。听得一些声音，就当学生们打进来咧。因此连夜唤了一百多个警察来，看守后前门，这样才安下了心。现在我只求祖宗保佑，算便宜了我这遭，没的也遇了学生们毒手。"我道："你求祖宗没用，还是自己留心一些。我瞧京城里总不

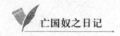

稳，想到天津去暂避几天。"我父亲和妻妾们都赞成，就借着老罗的汽车，悄悄地同往火车站去。可怜我那两辆簇新的汽车，也早已被学生们捣毁了。

五月八日

我做这日记时，已安安稳稳的在天津了。目下第一件事，就上一封辞职书到政府中，一则假意辞职，二则替自己洗刷卖国的罪名。唤秘书起草，洋洋洒洒做了二千多字。我明知政府中少不得我，无论如何，不但不许我辞职，定要很恳切的挽留我。果然辞职书上去了不到两天，挽留的命令已下来了。看那各地的报纸，自然都有一种讥笑的论调，说我狡猾，说我奸诈，骂我卖国奴。我也不放在心上，只要不再来烧我宅子，不来打我羞辱我就是了。我到了天津以后，打算静静的伏在家里，不走出去。可是京城里既如此，难保天津不是如此。我这个脸和一头头发，这京津两处，几乎人人都认识。要是也像老张一样，捱他们一顿打，我这身体不大结实，怕要死在他们乱拳之下呢。唉，我这姓名上边，已顶了个卖国奴的头衔。以后任是到哪里去，总不大稳妥，也须学那三国时代曹孟德死后做疑冢的法儿，造他七十二座疑宅，更用了七十二个和我脸子相像的人，扮做七十二疑人，如此或能保住我本宅，保住我本身呢。

饭后有人从京城里来，说老张在医院中，伤势甚是利害，怕有性命之忧。查他伤处，全身足有好几十处。头上伤八九处，连脑骨也伤了。好好的学生，竟做出暴徒的行径来，把国家堂堂的大官，打了个半死。像这样无法无天闹去，世界还成世界么？

五月九日

今天是五月九日，就是往年签定东国二十一条件的日子。这一件事，区区曾替东国效力不少。明知这二十一条件签定后，中国就好似害了半身不遂症，以后便给东国束缚着动弹不得。委实说，这一下子直断送了半个中国。然而凡是有利东国的事，我总当仁不让，尽力做去。何况是半个中国，就把全中国断送了，又怎么样呢？可笑那些小百姓，闲着没事做，又在那里闹着开会演说，牛头不对马嘴的胡说几句。多分又把我们三四人做捱骂的材料，又把这一天叫做甚么国耻纪念日，真真奇怪极了。试想把国家地皮和各种权利送人，好似朋友亲戚间节边送礼，怎么配得上一个耻字。又譬如大少爷生性慷慨，手头有着钱，随

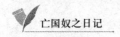
意结交朋友，大家瞧了，总说这人好阔，也万万配不上这个耻字呢。午后老张有信来，据说伤处已平复一些，人渐清醒，大约性命总能保住了。本来吉人天相，断不致一打就死，老天正要留着我们效忠东国，预备将来做东国大皇帝至忠不二之臣呢。

五月十二日

那天闹事的学生们，被警察拿到了十多个，已拘禁起来。政府中为他们得罪了我，主张严办。不道旁的学生们都是一鼻孔出气的，全愿自己投到警察厅去，要求把十多人释放。倘不放时，他们可要约齐了京城里全城二万多个学生一起投入官中，听凭拘禁。一面又有几个书呆子去替学生们说好话，十多人竟全放了出去。唉，还有甚么法律，还有甚么公道。今天放了他们，往后定然又要闹出事来。小小学生，不知道用功读书，敢干预国家的大事，还敢侮辱上官，但愿秦始皇再生，把他们一齐坑死呢。

五月十六日

学生们益发放肆了，天天在那里闹开会，闹演说。

听说街头巷口，都聚着无数的人，流氓无赖挤了一堆。他们手中都擎着白旗，无非是得罪东国人的话。警察驱逐他们，一时也驱逐不去。最该死的，全城十多处学堂都罢了课，二万多个学生，到处乱闹。这还了得，大家不是要造反么。他们这么闹，听说有两个条件，叫做外争主权，内办国贼。仔细想去，好不可笑，中国这样没用，不是从今天起。根已种了好久，所有主权大半操在外国人手中，现在凭你们嘴上喊喊，就肯把主权给你么？至于办国贼，那更是做不到的事。他们所说国贼，不消说就是我和老张、老罗。不知道暗中不止我们三个人，不但不敢做到一个办字，连放也不敢放我们走。就退一步说，把我们办了，也不过面子上敷衍。不见以前许多复辟犯、帝制犯，原个个都要办的，现在不是个个逍遥自在么？总之我们中国人的事，不过大家哄骗大家罢了。

五月三十日

呵呵，有趣有趣。京里头的军警，我一向当他们没有用，这几天居然发起威来了。瞧他们满街拿学生，好像拿强盗一般，打咧骂咧，毫不留情，拿一批总是好几

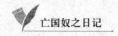

十人。最爽快的要算马队，远远见有许多人聚着，便像打仗时冲锋杀敌一般，豁喇喇冲将上去，踏伤的踏伤，打伤的打伤。像这种人真是中国有志气的好男儿，当时虽没有上战场打德国人，这样也就够了。况且捉拿学生时，也抵得过战场上拿德国俘虏，一样替国家出力，可没有辱没军人的身分。内中有一个军官，更明白事理了。拿学生时，有一个学生向他说道："我们爱国，你也是中国人，难道不爱国么？"他毅然决然的答道："我不是中国人。"这一句话何等老辣，何等简炼，从来中外的历史上，爱国家不知多少，谁能斩钉截铁的说出这种话来。将来中国亡后，他一定像我们一样前程正远大呢。

六月二日

呵呵，有趣有趣，学生已拿到一千多个了，都拘禁在一个大学堂中。前后都用兵队围住，搭了营帐，真活像战时的模样。听说学生们关在里头，已有一二天没东西吃，好生生的饿死他们，这也算替我报了一小半仇。恨我不能赶到那里，瞧瞧他们捱饿捱骂捱打时，又是怎样一副嘴脸。问他们再要爱国，再要办国贼不要呢。呵呵，这几天我真得意极了，一天到晚横竖没有事，不是打牌，便和小妾们调笑。也常有朋友从京里来探望我，问我摔伤了腿，已好了没有。其实并没有伤，不过抽了抽筋，早就好了。即使受了伤，一跷一拐也不打紧。不见东国从前有一个大名鼎鼎的大宰相，也是跷脚，将来我也做宰相时，可不是和他鼎足而二么（惭愧惭愧，中国有一句成语是鼎足而三，但是两个人只得说二了）。今天看报，据说学生手中的国旗，被军警扯碎了不少。这国旗在东国和欧美各国原是很尊重的，但我们中国的国旗可没有甚么希罕，投在毛坑里也好。可是我心目中没有旁的旗，正有一面很美丽很堂皇的太阳旗在着呢。

六月五日

昨天我到京里去打探消息，却听说政府中忽收到上海无数的电报，像雪片一般飞来。说上海城厢内外，全体都罢市了。为甚么罢市呢？据说是要求两件事，第一放学生，第二办国贼。要是有一件做不到，他们就不开门。该死的小百姓，你们做生意吃饭就是了，管甚么国家大事。学生放不放，和你们有甚么相干？国贼办不办，也和你们有甚么相干？他们使出这种手段来，倒带

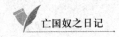

着三分辣味，要是牵动旁的地方，一起罢市，政府中向来很胆小的，经不得一些风波，被大家逼不过，少不得要牺牲我们几个人。唉，我先还当和我们做对头的，不过几个学生，照如今看来，却已动了天下公愤，这个如何是好。难道我这十年来根深蒂固的地盘，就在这一遭划起来么？呵呵，不要忙，不要忙，看政府中可有这办国贼的胆力没有。当下我就赶到政府中，恫吓了一阵，说我已来了，你们是不是认我国贼，要办不要办？我是国贼，谁不是国贼？大家见我怒鸮哥哥似的，都吓碎了胆，忙向我赔不是，说没有这话，尽请放心好了。一壁便安慰我，送我出来，这一下子总算是很有面子的。

六月六日

今天我上医院去探望老张，老张果然好多了。但是头上还缚着一重重的绷带，好似印度人的包头一样。他一见我，甚是欢喜，说这回遇这无妄之灾，委实睡梦中也没有想到。他们说我卖国卖国，我自己却并不觉得，不过和东国接近一些，经手一二借款罢了，这一顿打岂不冤枉。那时也亏得东国朋友左右招架，才没有给他们打死。进医院后，也亏得列位东国名医，尽力救治，才把我从死神手中夺将回来。有了这回事，我对于东国方面，倒又加上了一片感激之心。要是此身不死，往后还得设法补报呢。我也道："东国对我们几个人，真个仁至义尽，恩深如海。未来的日子正长，我们尽能报答大恩。不见中国二十二行省，还不少富源，尽够给我们供献东国。不过现在有一件事很觉困难，你可知道了没有？四日以来，政府中连接上海电报，说全城都已罢市，要求放学生，办国贼。他们眼中的国贼，自然是指我们两人和老罗了。我最怕的就是上海一罢市，像传染病般牵到旁的地方，也一起闹起罢市来。事情越闹越大，政府中定要害怕，临了没法儿想，便把我们垫刀头。虽说不到个办字，我们的位置可就不保了。在我们个人呢，原没有甚么舍不得，手头有了一二千万，以后尽能逍遥自在。国亡了，我们便到东国去做个长乐老。所为的只因对于东国方面，还没有尽力图报，以前零零碎碎的送些林矿铁路，还难为他们一大笔使力，可算不得甚么。要是地盘不倒，我们就能随意办几件大礼物，暗暗送去，不要他们化一个钱，也尽我们一些微意。地位失了，就有许多不便，对东国怕脱不了忘恩负义四字呢。"老张听了这话，也皱着两眉，老大的不快。一会

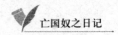

忽道："这个不用担心，任是地盘动了，我们尽能暗中活动。好在手下喽啰很多，都是我们提拔起来的，我们有甚么话，谁敢不听。"我道："这话也不错，我们且见机行事罢。"接着又谈了一会闲话，方始分手。

六月九日

不了不了，事情竟闹大咧。其余南京、杭州、苏州一起罢市，连天津也罢市了。看南方报纸，说家家店门上都贴着不除国贼不开门的纸条儿，学生们虽放了，仍是没用，政府中已派人疏通，说大家这么闹，似乎不得不下罢职的命令了，趁此暂息仔肩，往后仍能上台，政府中一片苦心，还请原谅呢。我先还不答应，说你们逼我走，我可不走，这些事都为了政府处处懦弱，放大了小百姓的胆，才惹起来的。那时我父亲在旁，苦苦求我，说事已如此，你也好放手了。要是再干下去时，不但你自己危险，还不免累及老父。我听了这话，才又勉强上了辞呈，这一回政府一定批准，只等着免职的命令下来好了。唉，自以为十年做官，内外都有了势力，一百年也不会倒，谁知今天偏偏倒在那些小百姓手中。哼哼，我走便走，你们不要太得意了，我可不是好惹的，总有一天报你们的仇，才知道我手段辣不辣呢。

六月十四日

我和老张、老罗免职的命令已下来了，我心中好气，一天到晚，只是着恼，好像拿破仑滑铁卢大败后，接到了远放孤岛的消息一般。满肚子的恨气，没处发泄，便在下人们身上寻事，打了三个，撵掉了一个，妻妾们见了害怕，不知道躲到那里去了。傍晚时老罗赶来，脸上却带着喜色。我怒道："你还快乐些甚么？难道没有见命令么？"老罗道："就为这命令一下，我的心才安了。自从五月四日那天，老张挨了打，你宅子烧了一半，我就提心吊胆，一个多月没有好睡。手头已有了钱，官也不用做了。"我道："你官虽丢了，东国的大恩未报，你难道就算了么？"老罗道："那一二十批借款，也好算报了一些恩。况且这里官不做，将来难道不能到东国去做官不成？到那时再报大恩，也不妨呢。"我听到这里，不觉点了点头，因为到东国去做官这句话，正中下怀。不想老罗也有这个心，真叫做英雄所见略同了。

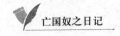

七月五日

我免职后，住在团城，一切都由政府供给，十分舒服，自己还立了个厨房，在饮食上分外考究，千金下箸，差合我的身分。每天没有事做，便坐在廊下看看杜诗，也好算得雅人深致了。小妾佩春，向来在外边乱逛，管他不住。近来倒也收了心，常常伴着我，或是捺琴，或是唱歌。那一串珠喉，唱得像大珠小珠落玉盘的一般，到此我不觉想起目下这个地位，很像是苏东坡，像佩春那么解事，又不是现现成成一个朝云么？今天饭后，猛觉胸中气闷，便唤佩春唱了一出《空城计》，唱罢，我笑着说道："我近来也像在这里唱空城计。"佩春忙问为甚么，我道："你不见这团城形势，活像戏台上西城的布景，我便是个诸葛武侯呢。"佩春笑道："人家都说你是小曹操，你自己倒又充起诸葛亮来了。"我啐了他一口，他还吃吃的笑个不住。

七月八日

我虽罢职闲居，没有甚么事，应酬却依旧很繁。因为有许多老友，常来探望，大概都来安慰我的。我也常向他们说道："这几年来国家经济困难，全靠借款。一般武人，谁不是靠我度日。就那些学生，没有我也怎能安心读书。现在大家异口同声，都说我卖国，可不是太没良心了么？况且从前办选举时，议长议员，也哪一个不用钱？多的十多万，少的也一二万，这些钱都是卖国的钱，为甚么用下去了，现在骂我是卖国奴，其实自己骂自己呢。"他们听了，都一叠连声的答应着，齐说外边的话，你老人家不用放在心上。譬如半天上一轮明月，偶然被浮云遮了一遮，一会儿可又重放光明了。

八月二十日

呵呵，我们一走，国事可就不像样了。政府中要借钱，已没有借处。大家没钱用，有的也丢手走了，不走的便想尽了种种法儿，助着政府向百姓头上括去。但是括来的钱，零零碎碎的，怎能像借款那么多。南北和议，搁了好久，这边既不肯让步，那边又不肯让步，好像火山般郁了好久，便又爆发起来。这一交手可益发利害，就是南北自己方面也意见不合，自己和自己厮杀。一时二十二行省，到处烽烟，土匪也趁此起来，乱抢乱杀，一个中国，便变做了一块大糟糕，弄得不可收拾。

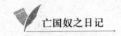

我瞧了这情景，暗暗害怕。想别的不打紧，我所有财产，都散在各处，这一下子我可糟了。事有凑巧，老张和老罗恰恰到来，就和他们商量这事。他们也像我一样，正在担忧，大家商量到深夜，才得了个主意，想学明朝吴三桂的法儿，请东国派大兵来平乱。第一要求保全我们财产，不许损失一丝一毫；第二要求赏我们官职，和他们自己的大官一样看待。当夜就唤了个亲信的秘书，起草一封结结实实的请愿书，暗中送往东国。这事倘能做到，不但保全我们身家财产，也是向小百姓表示报仇呢。

九月十日

秋雨秋风中，中国竟亡了。抬开眼来，但见天地失色，不论一山一水都带着愁惨的样子。山中堆着无数的死尸，男女老小，血肉狼藉。下边给狗狼大嚼，上边还时有野鸟飞下来，啄了一会，便衔着一片肉一根骨飞去了。河中也有死尸，有的没了手脚，有的少了半个头。连河水也变做通红，渐渐流去，仿佛在那里呜咽。城中但见东国的兵士，擎着亮晶晶的枪，不住的往来。街头巷口，都贴着东中合璧的安民告示，只是并不见人在那里瞧。因为死的人太多了，不死的也伏在家里，不敢出来。别说是人，连狗也害怕甚么似的，不知道藏匿到那里去咧。一天到晚，人虽不见，却时时听得哭声，断断续续的送入耳中。有的女人哭着丈夫，有的父母哭着子女，也有小儿失了慈母，啼饥索乳之声。远处还不时有刀枪的声音，大约又是大兵示威，在那里杀人呢。夜半人静时，我一个人坐着瞧那壁上灯影，似乎见无数带血的鬼，对我恶狠狠的看着。耳边又似乎听得他们吐舌骂道：你这贼，你这卖国奴，杀死我们的是你，灭亡中国的是你，你且等着上帝最后的裁判。到此我大吃了一惊，痴坐椅中，忒楞楞地颤个不住。

九月十九日

我从国亡以来，常有一种很奇怪的感觉。不是悔，不是恨，不知怎么，总觉得心中不安，又像失落了甚么东西似的。除了吃饭睡觉以外，没有旁的事做，兀自往来走动，数着自己的脚步，或是数地上的砖块。两眼注着地，心儿不觉大动起来，暗想这一尺一寸之地，虽说我自己的，其实已不是我们中国的土地了。就是我祖宗的坟墓，本来也在中国地面上，很清净很安全的。但他

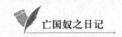

们坟墓的所在，如今却被我做子孙的连带着送给人家，料他们在黄土之下，白骨也要翻身呢。

九月二十一日

呀，不了不了，我也变做个穷人了。这两天中，连得各方面消息，说我银行中存款，和各处五六百万的地产，全都被东国人没收了，我投资的一切事业，也一起倒闭了。这么一来，我几年来辛辛苦苦卖国得来的钱，已去了四分之三，所剩的不过是家中有限几个钱，和妻妾们一些首饰。以后的日子正长，如何度日。我当时向东国请兵，原为了保全自己财产起见，不道反生生的断送了。当下我便向东国官员们交涉，请他们把没收去的存款地产一概发还。谁知他们却一反脸，给我个不瞅不睬。再请时便勃然说道："你们亡国奴，还配来和我们大国上官说话么？国也不是你们的了，何况这一点子私产，照理你不待我们没收，先该恭恭敬敬的供献我们，才合着顺民两字。况且你这些钱这些地产又是那里来的？不是从前靠着我们挣起来的么？现在原该还给我们，还有甚么话说。以后再来闹时，可子细你性命。"我哪敢和他们挺撞，只得太息着退了回来，一面又亲自写了封很长很恳切的信寄往东国政府，请实行请兵时的两个条件。晚上老张和老罗慌慌张张的赶来，说所有财产，也被东国没收去了。当下我就把自己的事告知他们，三人对哭了一点多钟，你也不停，我也不止，大家这副眼泪，也不知道从那里来的。末后还是我先住了哭，说我们不用哭了，国亡家破，原是我们自己求来的，怨不得天，也怨不得人。本来世界中断没有甘心做亡国奴的人，我们却似乎很甘心，于是卖国卖国，到今天把我们的身家性命也卖掉了。

十月四日

哎哟，这是哪里来的话，我那该死的秘书竟忘了我平日豢养之恩，宣布我最后大卖国的罪状。不但把我骂得个狗血喷头，连老张老罗也给他说得体无完肤。他在宣布之前，还写一封信给我，说祖国给你一手卖掉，现在已灭亡了，你大概也心满意足了。但你瞧了亡国后同胞的痛苦，你那漆黑的心可动也不动，算来亡国不过一个月，痛苦已如此，将来十年百年，叫同胞们如何受得？没有你这个混蛋，和那两个天杀的，中国可也没有这灭亡的一天。当时我脂油蒙了心，替你们起草做了那

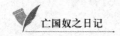

封请兵的请愿书，到如今已万分懊悔，觉得我也是卖国奴一分子，一百个对不起祖国，一百个对不起同胞。因此上今天决意把你们大卖国的罪状宣布出来，给全国同胞们瞧瞧，好知道二十世纪的中国，正有比秦桧吴三桂更不要脸的人在着。也得想个处分之法，要是听你们安安稳稳做长乐老，世界中可没有公道，没有正义了。我宣布之后，自己便向东海中寻个死路，结果这条性命。一则借此忏悔，向全国同胞谢罪；二则做了一个月亡国奴，滋味已尝够了，万死不愿再尝下去；三则我死后好化做一个厉鬼，缠在你们三个天杀的卖国奴身上，使你们没有安乐的日子。我看了这信，真好似曹孟德听祢正平击鼓痛骂，何等难堪呀。这个如何是好，他要是当真宣布出去，我就做了全国同胞的公敌，不论那一个都能来骂我打我，任是打死了，也没有人能替我洗刷罪名。如今谁也不可靠，只索化他一二万送给那东国驻在这里的总督，请他派兵来保护罢。

十月十一日

唉，天哪，如今大家都知道我是罪大恶极的卖国奴了。我父亲一见我，就好似毒蛇一般，天天关在一间小屋子里，念经拜佛，不问外面的事，吩咐下人，不许我再接近他。我心中虽不快，也无可如何。有时走过他门外，常听得长叹之声，大概也懊悔生了个卖国的儿子呢。这一天来，我住宅外常有人聚着，在那里指点议论。有的横了眼，对着我屋子瞧，眼中红红的，似乎要冒出火来，把屋子烧掉，变做一片白地。幸而门前已有东国兵武装看守，他们也不敢做出甚么事来。但那沿街一带窗上的玻璃，都被人掷石子，碎了不少，连里面东西也打碎了好几件。有时我闷得慌，冒着险出去，竟有许多人跟在后面，不住的骂卖国奴。一片片的石子砖块，都向我身上飞来。有一般顽童，更是可恶，不知道那里去弄来的秽物，裹了纸抛在我头上，弄得个淋漓尽致，臭不可当。回来浴了三四回，还带着余臭，难道这就合着遗臭万年的那句话么？从此以后，我伏着不敢出去。但是看看家里的人，也已换了一种面孔。男女下人，对着我都没了敬意。我的命令，也渐渐违抗起来。有时唤他们买一件东西，他们口中答应着，去了好久，却不见来。往后见了他们问时，说早已忘怀了。我虽很生气，只也不敢发作。唉，卖国奴到底做不得的。

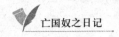

十月二十日

东国政府中已有信来，全是一派轻薄的话头，说你所有财产，暂时由东国保护着，免得被旁人占去。将来中国光复时，定然一起还给你，决不食言。至于来我们东国做官的事，更万万不敢从命，因为我们大小百官，都很爱国的，生怕放了你一个卖国的人在里头，不要带坏了。这譬如一篮梨子，内中要是有一只烂了，其余的梨子，末后也一起烂。况且你喜欢卖国，中国既卖掉了，将来高兴时，倘再卖掉我们东国，岂不是引狼入室么？所以这件事也不敢请教的。我得了这信，好生纳闷，想我请兵卖国，原为这两件事，他们当时已默许我。现在把祖国送给了他们，就全都反悔了，从来强大之国，只有强权，本来不和弱国讲信义讲公理的。何况我是个卖国的人，又做了亡国奴，更不能和人家讲信义讲公理。唉，以前我简直没了心肝，不知道祖国的可爱，今天送铁路，明天送林矿，到此我才懊悔咧。

十一月二十五日

呀，这是哪里说起，佩春竟不见了。这几天神色冷淡，对我原不大理会，晚上锁上了房门，不许我宿在她那边。问她为甚么，说是有着病，也不知道是真是假。大概为了我大卖国的罪恶已经宣露，因此有这种表示，唉，这也是我自作孽罢了。今天早上起来，见她房门开着，人已不知去向。所有四季衣服，一共四五百件，大半很值钱的，不知怎么，却剪得粉碎，堆在壁角里。一切珠钻宝石，足值好几万块钱，也把铁锥子捣碎了，抛散满地。我瞧了好生奇怪，想她可是发了疯不成。赶到床边看时，一眼望见床上铺着一张挺大的纸儿，上边写着道：我虽是个女子，却也知道一些大义。自问清白之躯，从前落在烟花队中，已辱没了爷娘，现在更做你卖国奴的小老婆，岂不是第二重辱没爷娘。昨夜我便立下决心，走出这污秽耻辱的屋子，任是饿死冻死，也一百二十个情愿。你平日给我的许多衣服首饰，我一件都不取。因为这些东西，未始不是把卖国的钱换来的，上边正涂着同胞的膏血，用了不能安心。但我也不愿意留着给你受用，或是将来给东国人没收去，因此费了一夜的工夫，把衣服剪碎，更把那首饰用铁锥子细细研磨，好容易研碎了。我走咧，你良心发现时，还是早些死罢。我瞧了心中一阵子痛，便大呼一声，晕倒在地。

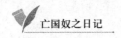

十一月三十一日

　　午时我肚子好饿，忙唤下人们开饭。唤了好久，才有一个老妈子赶来说，今天不能开饭了。一年的租米都已吃完，今天上米店籴十石，不道店中一口回绝，说不愿意卖给卖国奴吃。连上了五六家，都是这样说。不但如此，那小菜场上卖菜卖肉的也合了伙，说不愿意把菜肉卖给我们，要饿死了我们才罢。这当儿厨子和下人都在那里打铺盖，说要停工家去了。我听了这些话，好似当头打一个霹雳，呆了半晌，说不出话来。少停，下人们果然一个个捎着铺盖赶来，要一个月的工钱。我不许，说你们倘留着，以后工钱加倍。他们却坚执不肯，说任是加上三倍四倍，也不愿再把卖国奴奉着做主人。这一句话仿佛一拳打在心坎上，我立时着恼起来，说你们走便走，这一个月的工钱可不发了。他们哪里肯罢，竟磨拳擦掌，预备动蛮。我没法儿想，便说去唤账房先生。内中有一个小厮答应着赶去，一会儿却气嘘嘘赶回来，说账房中银箱开着，账房先生已不见了。我怔了一怔，忙赶去瞧时，果然见银箱开得大大的，四五万的现款都被那贼卷着走咧。当下只索把我自己藏着的钱，取了一百多块出来，打发下人们散去。一壁忙去瞧夫人，和她商量个吃饭之法。不想到她房中，但见桌上留着一封信，我知道又有变卦，急汗如雨。那信中说嫁你二十年，暗中受了无限痛苦，如今带着孩子们回母家去。他们也不愿再见你，说有了个卖国的父亲，一辈子蒙着耻辱咧。我咬了咬牙齿，又去瞧那第一个小妾，也留着一封信，说那账房先生多情多义，终身可托，已跟着他一同去了。我瞧瞧这一个宅子中，已只剩了我一个人，和那闭关自守的老父。去撞门唤父亲时，里边却只是念经，老不回答。我吐了一大口血，晕倒在房门之外。

十二月一日

唉，我竟变做一个无家无国的人了。昨夜夜深时，忽来了一百多个工人，悄悄地在后门下了火种，放起火来。我从睡梦中惊醒，忙去唤父亲，父亲依旧不理。我连嚷火起，把门打得震天价响，他只冷冷的说道："我不幸做了卖国奴的父亲，今夜烧死了，也算替你向全国同胞谢罪。"说完，自管念佛。这时我好似发了狂，飞一般跑将出去，跑了好几里路不曾停脚。天明时才在荒野中醒回来，苍茫四顾，简直没了侧身之所。只得向北

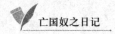

方走去，打算投往蒙古外沙漠中，掩盖我卖国的罪恶，等着一死完了。打定主意，站起身来，猛听得树上有一头乌鸦在那里叫，也似乎骂着道：卖国奴，卖国奴。

（终）

亡国奴家里的燕子

我是一只燕子，我是一个中华民国亡国奴家里的燕子。

我在我主人家的梁上做窠，一连已十年了。年年的春分前后，我总同着我的妻飞回来，衔泥负草，修补我们的窠，哺育我们的儿女。我们来来去去，甚是快乐。闲着没事时，便在庭中回翔，或是啄那地上的落花。我主人家里，从八十岁的老太太起，到一个五岁的小官官，全和我们感情很好。还有一位十四五岁美貌的姑娘，往往抬高了粉脖子对我们瞧，嘴里则则地娇唤着。瞧她两边颊上堆着两个笑涡儿，好似贴上两片玫瑰花瓣似的，好美丽啊！

这样过了十年，我们直把主人家当做一个安乐窝了。每天和我的妻双栖画梁上，相对呢喃时，便也做出一派和乐的声音。我们还暗暗地祝颂主人家多福多寿，

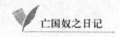
长享太平之乐，我们也可永久依附他们，一年年很安乐地过去，不致有无家之苦咧。

谁知这近几年来，我们主人家的情形，却忽然有了变动了。先前他们一家快快乐乐的，只听得笑声、牌声、丝竹声、悲婉娜声。现在霍地一变，变做了叹息之声，不但是主人愁眉不展，连那主人的女儿也黛眉双锁，再也不见那贴着玫瑰花瓣似的笑涡儿了。常听得他们说什么五月九日国耻纪念啊，又夹着什么二十一条二十二条的话。主人的儿子从学堂中回来，擎着一面五色国旗，也咬牙切齿地嚷嚷着道："抵制日货！抵制日货！只有五分钟热度的，便不是人，是畜生！"瞧他红涨了脸，愤激得什么似的，我们在梁上呆看着，也不知道是怎么一回事。

第二年春分后，我和我的妻依着年年老例，重又飞到主人家画梁上来了。哪里知道刚到门口，就大大吃了一惊，原来那两扇黑漆铜环子的大门，有一扇已跌倒在地，屋子里也腾着一片哭声骂声呼喊声。我们诧异着，一同飞到里面，见我们的故巢已打落了。有许多恶狠狠的矮外国兵挤满在客堂中，都握着枪，枪头上插着明晃晃的刀。有几柄刀上，却已染了紫红的血迹。

　　我张着眼寻主人时，见他蹲在一面壁角里，被一个握着指挥刀的矮外国人揪住了。听得他强操着中国话，不住地骂着道："亡国奴！亡国奴！"到此我才明白，原来中华民国已亡了，我的主人已做了亡国奴，我便是中华民国亡国奴家里的燕子了。

　　这时我好生悲痛，止不住掉下几滴眼泪来。我这几滴眼泪，恰掉在客堂外阶沿的一角，这阶沿的侧面，正有一个十四五岁的孩子躺着。我仔细瞧时，顿时吃了一吓，原来见他胸口开了一个碗儿大的创口，血还不住地流着，不用说早已死了。他的两眼怒睁着冒出血来，颊上凝着两滴冷泪，也带着红色。他的两手中还紧紧地握着那面五色国旗，死也不放，手背上的肉，却已被刀尖剐得烂了，一片模糊的血肉，把那黄蓝白黑的颜色也染红了。可怜啊！这便是我们中华民国的国旗。

　　我正哭着，吊我的小主人。猛听得里面起了一片尖锐的怒骂声，我即忙抹了抹眼泪向里面望去，陡见四五个矮外国人嘻皮涎脸地挟住了一个女郎，从内堂出来。我瞧这女郎时，不是我主人的女儿是谁？唉！她不是一个金枝玉叶的千金小姐么？怎么给那些矮人们如此轻薄？我心中虽想给她打不平，却又无可奈何。那时但

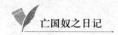

见她没命地挣扎着,一壁不住口地骂。可怜她究竟是一个弱女子,一会儿竟晕去了,好像一朵无力的海棠,倒在一个矮人的臂间。呀!天杀的!……天杀的!……竟做出这种该死的事来么?……呀!……四五个矮人……竟……竟……

我不忍再看,疾忙回过身去,同我妻飞上西面的屋脊,一颗小心儿几乎要炸裂了。我妻也悲愤万分,扑在我肩上,抽抽咽咽地哭道:"亡了国,竟有这样的苦痛么?可怜的亡国奴!可怜的亡国奴!"我说不出话来,只在屋脊上跳来跳去,一壁哭,一壁痛骂那万恶的矮外国人。

正在这当儿,忽又听得客堂中怒吼一声,似是我主人的声音。我即忙瞧时,却见主人打倒了那握指挥刀的矮外国人,从壁角里跳将出来,去救他的女儿。说时迟那时快,猛听得砰砰几响,五六个弹子都着在我主人身上,立时把他击倒在地。我震了一震,正待飞起,忽又听得我身边嘶的一响,可怜我的妻一个倒栽葱,从屋脊上掉将下去,原来是中了流弹了。我急喊一声,飞下去瞧时,早躺倒在地没了气息。

我痛哭了一场,也不愿再见那些矮外国人作恶了,便没精打采地飞了开去。可怜我主人国亡家破，我也弄得无家可归，连我亲爱的妻，也为这残破的中华民国牺牲了。

明年春上，我勉强压住了悲怀，再来瞧瞧我主人的家可变做了什么样子。只见那屋子已装修一新，门上挂着一面太阳的旗子。我不忍再进去，料知我往时做窠的所在，早已变做别姓人家的新画梁了。我含悲忍泪地一路飞开去，心想古人有"呢喃燕子，相对话兴亡"的话。如今我孤零零地，还有谁和我相对啊？飞过人家屋脊时，听得麻雀们唧唧叫着，似乎也变了声口，改说外国话了。更张眼向四下里瞧时，但见斜阳如血，照着那中华民国的残水剩山，默默无语。

最后之铜元

　　哎哟哟，看官们啊！我苦极咧，肚子里饿得甚么似的，不住地叫着，倒像兵士们上战场放排枪的一般，又仿佛听得那五脏神在那里喊道："酒啊肉啊，快来快来！我欢迎你们！我欢迎你们！"然而那酒咧肉咧，正在趋奉富人的五脏神，给他个不理会。哎哟哟，我这样饿去，可捱不得咧！要是有钱的当儿，肚子饿时自然觉得有趣，可是家里早预备着肥鱼大肉、美酒白饭，给你饱餐一顿。这么一饿，反把食量加大了一半。然而腰包里没了钱，还有甚么话说？家既没有，更哪里还有肥鱼大肉、美酒白饭的希望？就瞧这花儿似的世界，也觉得变做了地狱咧。我一壁捱着饿，一壁沿着街走去，眼中似乎瞧见无数瘦骨如柴的饿鬼，在暗中向我招手。耳中又似乎听得这偌大的上海城，在那里嘲笑我，向我说道："你是穷人，可算不得个人！既没有钱，就合该饿死。不饿死你，饿死谁来？你们这班穷鬼，倘能一个个饿死了，那是再好没有的事。眼见得我这个繁华世界的上海城中，全个儿都是富人咧！"我一行瞧，一行听，一行走，一行捱着饿。有时趑过人家的门儿，往往有一阵阵的肉香饭香，从那厨房中送将出来，送进我的鼻子，惹得我一肚子的饿火，几乎烧了起来。喉咙里的馋涎，也像黄浦中起了午潮，险些儿涌出口来。没法儿想，只得紧了脚步，飞一般逃了开去。但在街心没精打采地走着，心想此时，倘有一辆摩托卡呜呜呜地冲来，把我冲倒了，倒能免得我呕血镂心，筹划这一顿中饭。况且摩托卡杀人，原是上海近来最出锋头的事。车中人正在眉飞色舞的当儿，不知道那四个挺大的轮儿下边，早已血飞肉舞咧。为了这一件事，简直是怨声载道。但我今天却很要给他们做个人饼玩玩，呜的一声，事儿便完了。叵耐我心中虽是这么想，偏又不能如愿。就那摩托卡，也好似比平日少了许多。有的见了我，便刷地避了开去，竟像平白地生了眼儿的一般。我没奈何，只得撑着了空肚子，向一条冷街上踱去。脑儿里生了许多幻想，逐一在眼前搬演，一面又似乎听得许多声音，从远处送来。这声音不像是人声，倒像从地狱里送过来似

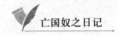

的。又不像是嘲笑我的声音，比了嘲笑更觉可怕，听去分明是甚么魔鬼在那里向我说道："你肚子饿么？为甚么不做了贼偷去？你没有钱么？为甚么不做了强盗抢去？"唉，可怕可怕！这声音好不可怕！我原是好好儿的出身，我老子娘也都是很清白的人，怎能去做强盗？怎能去做贼？然而袋儿里没有钱，也是无可奈何的事。可是钱儿万能，在世上占着最大的势力。一个人有了钱儿，甚么都能买到，能买美人的芳心，能买英雄的头颅。朋友间有了钱，交谊才越见得深；夫妇间有了钱，爱情才越见得浓。人家为了它，牺牲一辈子的名誉，抛弃一辈子的信义，都一百二十个情愿。可是钱儿到手，世界就是他的咧。只你要是没有钱，那就苦了。仿佛坐着一叶孤舟，在大洋里飘着，没有舵，没有桨，单剩一个光身体，听那上帝的处置。所以一个人没有钱，便是没有性命；与其没有钱，宁可没有性命。你倘生着，就须受那种种的痛苦。唉，钱儿啊！钱儿啊！你到底是个甚么怪物？你为甚么这样坑人？我正在这里胡思乱想，肚子里益发饿了。这种苦况，着实使人难受，觉得里头有几十把几百把的刀儿，没命地乱戳。一时间知觉也模糊了，街上的人渐渐儿瞧不见了，那些车马奔腾的声音，听去也不清楚了。蓦地里却又起了一种奇怪的感觉，觉得我这身儿飘飘荡荡，不知道飘到甚么所在。有趣呀有趣，我竟在人家屋檐下边睡熟了！

看官们啊，要知这睡觉实是我们穷人无上的幸福。一纳头睡熟了，就好似个半死，饿也不觉得，冷也不觉得，不论甚么痛苦，一概都不觉得。加着我们到处睡觉，也非常舒服，幕天席地，处处都是铜床铁床。临睡的当儿，又一些儿不用担心，可是我们身无长物，单有这一条裤儿一根绳，剪绺先生们见了也只掉头而去。不比富人睡时，先要当心那枕儿底下的钱袋，既怕小贼掘壁洞，又怕强盗打门，半夜三更还时时从睡梦中惊醒，把一身的汗儿都急了出来。但是我们睡时，却从没这种苦况。不但如此，还能做许多花团锦簇的好梦。日中捱饿捱冻，叫苦连天；到了梦中，往往变做公子哥儿，穿的绸，吃的油，坐着簇簇新新的摩托卡，拥着妖妖娆娆的活天仙，直把人世间享受不尽的幸福，都给我们在梦中享尽。因此上我们最喜欢最得意的，便是这睡觉。到了无可奈何时，就把睡觉挨将过去。看官们不见城隍庙中天天在大阶石上打盹的乞食儿，不是很多的么？他们也正和我抱着一样的心理，简直好算得是我的同志呢。

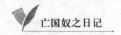

闲话休絮，且说我一觉醒来，已是四五点钟光景。追想梦中的情景，很觉津津有味。然而这一醒，就立刻好似从天堂中掉入地狱，肚子里一阵子呜呜的乱响，那五脏神早又翻天覆地造反起来。摩挲着眼儿，向四下里望时，见是火车站近边，有许多男女提筐携篓地向着火车站赶去，多分是趁夜班火车去的。我打了个呵欠，站将起来。正要洒开脚步走去，蓦地里瞧见一位五六十岁的老先生一路赶来，气嘘嘘的不住地喘着。两手中既提着两个挺大的皮夹，臂儿下边又挟着一个包裹儿，满头满面都迸了一粒粒的汗珠。瞧他那种样儿，已很乏力。这当儿我福至心灵，猛觉得我的夜饭送来了。连忙赶上一步，掬着个笑脸说道："老先生，你可是往火车站去么？带着这许多东西，很不方便，可要小可助你一下子？"那老先生在一副金丝边的老花眼镜中白愣着两眼，向我打量了半响，见我衣服还没有稀烂，面相也有几分诚实，就点了点头儿，把那两个皮夹授给我，一壁掏出块手帕子来，没命地抹那一头一面的汗珠。我替他提着那皮夹，在他旁边慢慢儿踱着，还向他凑趣道："老先生可是往杭州去的？只是出门人路上总有许多不便，老先生年纪大了，为甚么不唤公子们作伴？况且近来坏人很多，使人家防不胜防。抢的抢，偷的偷，骗的骗，那是常有的事。老先生一路去，还该当心些儿些。"我这几句话儿，说得好不铿锵动听！那老先生听了连连点头，又从那脸儿上重重叠叠的皱纹中，透出一丝笑容来。我瞧了，心中也暗暗得意，料想我这十几句话儿，决不是白说的，每句话总能换他一口饭吃呢。不多一会，已到了火车站上。我瞧那老先生买了票，就把这两个皮夹恭恭敬敬地交给他。一霎时间，心儿别别别地乱跳，想他不知道要给我多少钱，一角呢？两角呢？或者格外慷慨，竟给我一块大洋！总之我这一顿夜饭，总逃不走的了。正估量着，猛见他伸手到一个搭膊巾中去，不住地摸索着。这时我的心儿，益发乱跳起来。跳到末后，见那支手已从搭膊巾中慢慢儿地出来，在一个食指和中指中间夹着一个银光照眼的溜圆的银四开，纳在我手中。

　　我谢了一声，回身就走。白瞪着眼儿，向这银四开瞧了几下，想我为了这捞什子，吃尽了苦楚，此刻在我手中过一过关，停会儿又须送它走路呢。一壁又安慰那五脏神道："老先生请你安静些罢，粮饷已经到手，一会儿就送进来咧。"这时我瞧着这一个银四开，不知

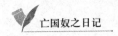
道怎么猛觉得兴高采烈起来，倒像掘到了甚么二百万、二千万的宝藏一般。一路出了车站，一路在那里盘算，心想我该怎样发付这一个四开。劈头第一件要事，自然去饱餐一顿。这一餐之费，倒也不能菲薄，不化它一个银八开不办的。还有那一半儿，须得留着到了晚上，弄它个床铺睡睡。一连睡了好几夜的阶石，背儿上究竟有些酸痛呢。打定主意，得意洋洋地一路走去，以前的一切幻想，一古脑儿都没有了。走了一程，便走过一家小饭店。那一阵阵的饭香，早已斩关夺门而出，过来欢迎我。我便在门前住了脚，向那烟熏火灼、半黄半白的玻璃窗中，张了一眼。只见一条条的鱼，一块块的肉，都连价挂起着，真是个洋洋大观咧。接着又挨近了门，抬眼向门中瞧去。只见两三个厨子，正在灶前煮着菜，沸声、碗碟声和呼喊声并在一起，闹个不了。这种声音，都能使街上化子听了心碎的。瞧那厨子们和几个跑堂的，都是胖胖儿的人，似乎一天到晚被油气熏着，所以透入皮肤变做胖人咧。我瞧着他们，甚是艳羡，想他们背着主人也一定能够尝尝各种鲜味，何等地有趣！一壁想着，一壁不知不觉地跨进门去，竟大摇大摆地在一只桌子旁边坐了下来，倒像袋儿怀着二十块钱，要尽兴饱餐它一顿的一般。

坐定，早有一个跑堂的赶将过来，带着笑问客官要用些甚么东西。我把他袖儿轻轻一扯，低声说我身边单有两角钱，尽着一角钱吃饭，菜咧、饭咧、小账咧，一概都在里头；还有一角钱，夜中须得找宿头呢。那跑堂的斜乜着眼儿，向我上下打量了一下子，便皮笑肉不笑地笑了一笑，扮着鬼脸踅将开去，接着怪叫了一声，自去招呼旁的客人了。我一屁股坐在那条板凳上边，十分得意，取了一双毛竹筷儿，擂鼓似的轻敲着那桌子，嘴儿里还低唱着一出《打鼓骂曹》。自己觉得这种乐趣，落魄以来，实是破题儿第一回呢。唱罢了戏，更抬眼望时，只见这饭店中生意着实不坏。五六只桌子上，都已坐满了人，说笑的说笑，豁拳的豁拳，笑语声中夹着"五魁八马"之声，又隐约带着杯匙碗碟磕碰的声音，叮叮当当地响个不休。瞧那些人，没一个不兴高百倍。我暗想这所在，大概好算是天堂咧！这样东张西望，过了约莫十分钟，那五脏神似乎等得不耐烦了，早又闹了起来。我便向着那跑堂的喊了一声，说我的饭菜已煮好了没有？那跑堂的扬着脖子，大声大气地答道："不用催得，好了自会端上来的。对不起，请等一会罢。"我

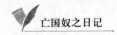

暗想这一个跑堂的好大架子，对着客官竟敢怎样放肆，然而口中也不说甚么，只得撑着空肚子老等着。可是仗着袋儿里一个银四开，到底不够我发甚么脾气呢！

接着又等了五分钟光景，才见那跑堂的高高地端着两只青花碗儿，趑将过来。我忙把眼儿迎将上去，但见热气蓬勃，一路腾着，倒把那跑堂的一张冰冷的脸儿，也掩盖住了。等到那两只碗儿放在桌子上时，我的两个眼儿也就箭一般射在碗中。只见一碗是又香又白的白米饭，一碗是半青半红的咸菜肉丝汤，青的是咸菜，红的是肉丝，瞧去好不美丽！我打量了半晌，暗暗快乐，心想我也像孔夫子三月不知肉味，今天却能一尝这肉味咧！当下笑吟吟地提起筷来，先向五脏神打了个招呼，便把嘴儿凑在那饭碗边上一口口地吃着那饭，又细细地尝那咸菜肉丝。呀！有趣有趣，饭儿既香，菜儿又鲜，觉得我出了娘胎以后，从没吃过这么一顿可口的夜饭，多分是天上仙人和人间皇帝所用的玉食呢！就这饭咧菜咧，也像有甚么仙术似的。刚吃得一半儿下去身上顿时热了，精神也顿时提起来了。吃完了一碗饭，又添了一碗，一壁又呷着那汤，慢慢儿地咽将下去，直好似喝了琼浆玉液，腾云登仙的一般。不多一会，第二碗的饭早又完了。很想再添它一碗，只为给那一角钱限制着，不敢放胆再添。但把那余下的一些儿汤，喝了个精光。当下又见那跑堂的高视阔步地过来，把一块半白半黑的手巾捺在我手中。我也不管三七二十一，抹了嘴脸，自管走到门口一只账台前边，郑郑重重从袋儿深处，掏出那精圆雪亮的银四开来，在手掌中顿了一顿，大有惜别之意。接着听得那跑堂的又怪叫了一声，我也就割爱忍痛地把这银四开放在台上。那账台里高坐着一位账房先生，道貌甚是庄严。那时把鼻梁上一副半黄半黑的铜边眼镜向上一推，直推到额角上边，取起我的银四开来，在台上掷了几下，一面带着宁波口气，说一共是一角小洋。说着从一个抽斗里拈出一个银八开来找给我。我想这捞什子小小的，放在身边不大放心，没的在路上掉了。还是换了铜元，倒重顿顿的，十二个铜元合在一起，直有一块大洋那么重呢。于是开口说道："请你老人家找铜元给我罢。"那账房先生似乎已厌我麻烦了，向我瞅了一眼，才取出一把铜元来，数了十二个给我。我又郑郑重重地在袋儿里藏好了，踱出饭店。

一路上意气飞扬，好似已换了个人。刚才牙痒痒地恨世界恨上海，如今却甚么都不恨了，心儿里又生了

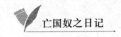

无限的希望，仿佛前途无量，都张着锦绣。就我此刻，也似乎登基做了皇帝咧！我沿街走去，脚步也轻快了许多，嘴儿里又呜呜地低哦着。唱了一出《鱼藏剑》，接连却想起了伍子胥吴市吹箫的故事。我自己做了伍子胥，勉强把那饭店里跑堂的派了个浣纱女的角色。这当儿我肚子里既饱，心儿里又何等地快乐，口中不住地唱着，好像变做了个嬉春的黄莺儿，且还觉得我四面似乎都在那里，和着我高唱呢。呀，有趣呀有趣！这世界究竟是个极乐世界，这上海也究竟是个好地方。世上的人，也究竟有几个好人。那位给我这银四开的老先生，就是第一个好人。如今我肚子里不但装饱了，夜中还能在床上睡觉，做一个甜甜蜜蜜的好梦。此时我一路兴兴头头地踱去，仿佛已在梦中咧。

我正这样踱着，抱着无限的乐观。想我今天，简直已到了山穷水尽的路上，谁知道半天里飞来这一个银四开？照这样瞧来，我的恶运分明已转关了！明天一定福星高照，有甚么好运来呢。一壁这样想，一壁即忙替我将来的公馆花园，在心中都打好了图样。又想出门时，总得弄一辆摩托卡坐坐。可是坐马车，已不见得时髦阔绰咧！但是一个人这样享福，也不免有些寂寞，至少总得娶它两个老婆。那窑子里的姑娘们，很有几个漂亮的人物。我前几天在一个甚么坊里蹓着，肚子里空空的，想弄些儿饭吃。不道这一个坊里，好几十家人家挨门挨户的，都是些窑子。我撞来撞去，却撞不到甚么，只捱了她们几声"杀千刀"。但那声音，都是清脆温软的苏州白，听了使人肉儿麻麻的，连心儿也有些痒咧！然而我这吃饭的计划，虽然失败，却瞧见了好几个花朵儿似的姑娘，都很中我的意儿。说也奇怪，我瞧了她们一张张的鹅蛋脸儿，连肚子饿也不觉得了。因此上我每逢饿时，往往到这种坊里去盘桓一会。只消饱餐了秀色，饭也不想吃咧。将来我发迹时，便须到这坊里，挨门挨户地大嫖一场。说我便是当时在你们门前张望，给你们骂"杀千刀"的化子，此刻不怕你们不换个称呼，亲亲热热地唤我几声"大少爷"呢！这种事儿，好不爽快！好不有趣！临了就拣他两个脸儿最俊的婆回家去，成日价给我赏览，给我作乐，左抱右拥，谁也不能禁止我。如此世界上的艳福，可不是被我一人占尽了么！我这样想着，身儿飘飘的，直好似离了人间，在那九天上青云里头打着筋斗，心儿里乐得甚么似的，险些儿放声大笑起来。

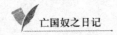

　　正在这想入非非的当儿，猛觉得有人在我肩上一拍。这一拍顿时把我的空中楼阁拍做了粉碎，一时如梦初醒，不觉呆了一呆。心想谁来拍我的肩儿，不要是印度巡捕见我犯了甚么警章，预备捉我到巡捕房里去么。当下便怀着鬼胎，战战兢兢地回过头来。抬眼瞧时，却和一个又黄又瘦鬼一般的脸儿打了个照面。原来并不是甚么印度巡捕，却是今天早上一块儿在城隍庙里大阶石上打盹的朋友。早上分了手，不想此刻却在这里蓦地相逢。我见了个朋友，自然欢喜；只为他毁了我那座惨淡经营的空中楼阁，未免有些恨恨。于是开口叱道："天杀的！我道是谁来，原来是你这鬼。那一拍又算是个甚么意思，我的魂儿也险些给你拍落呢！"我那朋友眼瞧着我的脸儿，很羡慕似的说道："今天你交了甚么好运啊？脸儿红红的，好像敷了胭脂，额角上也亮晶晶的，似乎放着光呢。"我道："你怎样？今天运气可好？"然而我这话儿委实不用问得，因为他那个又黄又瘦的脸儿，就是个运气不好的招牌。我那朋友摇了摇头，黄牛叫似的长叹了一声，一会才道："我今天糟极了，还用问么？踏遍了城厢内外，只讨到了十三个小铜钱。肚子里整日价没有装些儿东西，如何过去？刚才上粥店去，那天杀的店家偏又嫌钱儿小，不肯通融。我低声下气地哀求他时，他却扬着脖子给我个不理会咧。唉，这是哪里说起！这是哪里说起！"说时更哭丧着脸儿，不住地长吁短叹。

这当儿我瞧着那朋友，又记起了袋儿里十二个黄澄澄重顿顿的铜元，一时间便动了恻隐之心。想我今夜不管它有宿头没宿头，此刻须要做一个大慈善家咧！于是举起手来，在那朋友肩上猛掴了一下，含笑说道："好友，我们俩交情虽然还浅，然而兄弟向来是个乐善好施的人。如今瞧你这样捱饿，很觉得可怜儿的，快些儿跟我去吃罢。"我那朋友听了我这话，很诧异似的抬起头来，说道："怎么说？今天你可是发了横财么？"我一声儿不响，自管在前边走去，那朋友也就跟将上来。我一壁走，一壁仿佛听得那十二个铜元，兀在里头叮叮当当地响着，好似奏着音乐，歌颂我大慈善家的功德一般。走了十多步路，我一眼望见近边有一家面店，便想请他吃一碗大肉面，倒也合算。记得前三年曾吃过一碗肉面，连小账一共六个铜元。现在我身边既有十二个，做了这慈善事业，还剩一半，岂不很好？当下拉着我那朋友，一同走到那面店门前，大踏步闯将进去。那

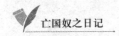

些跑堂的见我们身上不大光鲜，大有白眼相看之意。我倒有些不服气起来，自管在一只桌子旁边大摇大摆地坐了下来。唤我那朋友也坐了，就把袋儿翻个身，掏出那十二个铜元，重重地放在桌子上，故意要使这铜元的声音，送到那跑堂们的耳中，好教他们知道我身上虽然不光鲜，袋儿里却并不是空的，要知我们实是落拓不羁的名士呢。接着我又提着嗓子，喊了一声："弄一碗大肉面来！"眼瞧着旁边十二个铜元，竟张大了无限的声威。自己觉得高坐在这桌子旁边，很像是个面团团的富家翁呢。但是瞧那朋友时，却和我大不相同。蜷蜷缩缩地坐在一边，自带着一种寒乞之相，两个眼儿，却兀在我十二个铜元上兜着圈子。可见我们立地做人，这钱儿是万万少不得的。一有了钱，处处都占上风；就是你走到街上，狗儿见了也摇尾欢迎咧。但是我那朋友向我十二个铜元上呆瞧了好一会，就把头儿挨近了我低声说道："你今天可是当真发了横财？怎么有这许多钱儿，就你这一派架子，也活像变了个公子哥儿咧。只不知道你这些钱儿，是真的还是假的，请你给我一个瞧瞧，我简直和它久违了。"我笑了一笑，就取了一个给他。他翻来覆去地瞧了好久，又抢着指儿弹了几下，一壁喃喃

地说道："这声音怪好听啊！怪好听啊！"我只瞧着他
微微地笑。他又玩弄了好一会，方才依依不舍似的还了
我。这时那一碗面已端上来了。我那朋友早就瞪着两
眼，一路迎它到桌上，接着就刷地举起筷来，即忙半吞
半嚼地吃着。霎时间那碗唎、筷唎、牙齿唎、喉咙唎，
仿佛奏着八音琴似的，一起响了起来。我在旁瞧着，见
他吃得十分有味。那葱香面香肉香，又不住地送进我鼻
子，引得我喉咙里痒痒的，一连咽了好几回馋涎。很想
向他分些儿吃，只又开不得口。没法儿想，便掩着鼻子
背过脸儿，去向那当中一幅半黄半黑的关帝像瞧着，想
借那周仓手中一把青龙偃月刀，杀死那一条条的馋虫。
叵耐我眼儿一斜，偏又射在下边长台上一面半明半暗的
镜儿中，瞧见我那朋友捧着碗儿吃得益发高兴，几乎把
个头儿也送到了碗里去。到此我再也忍不住了，便想鼓
着勇气向他说情，和他做个哈夫，分而食之。谁知我口
儿没开，他的碗中早已空了。别说面儿不剩一条，连那
汤儿也不留一滴。瞧他却还捧着碗儿，兀是不放。当下
我便恨恨地立了起来，开口说道："算了罢，别把这碗
儿也吞了下去呢。"我那朋友不知就里，向我瞧了一
眼，忙把那碗儿放下了。抹过了脸，我便替他付了钱，

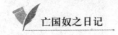

一块儿出来。十二个铜元到此已去了一半，只想起了慈
善事业四字，倒也并不疼惜。走了一程，我鼻子里既不
闻了面香，心中的怒气也就平了。暗想我刚才已饱餐了
白米饭和咸菜肉丝汤，肚子里也装不进许多东西，没的
为了几条面和朋友斗气呢。于是又高兴起来，和那朋友
一路讲着我今天的得意史。一行走，一行讲，把唾沫讲
了个精干，猛觉得口渴起来。事有凑巧，恰见前面有一
家小茶馆，一个血红的"茶"字，直逼我的眼帘。我向
手中六个铜元瞧了一眼，立时得了个计较：想这六个铜
元，不够寻甚么宿头了；索性泡一碗茶去，和朋友喝着
谈天，岂不很好？当下里就拉着我那朋友，三脚两步地
赶去，在近门一个矮桌子旁边相对坐下。不一会就泡上
一碗茶来，我们各自把小碗分了喝着，接着又高谈阔论
起来。我撑起了两条腿儿，颤巍巍地坐着，好不舒服！
好不得意！谈了半晌，觉得单喝着茶还有些寂寞，抬头
恰见对门有一家小杂货店，吃的用的甚么都有。我知道
这茶每碗但须两个铜元，还多四个铜元，总得设法化去
才是。就站起身来，匆匆赶将过去，很慷慨地化了两个
铜元买了两包西瓜子，又加上一个买了两枝纸烟，一旋
身回到茶馆里，于是我们俩嗑着瓜子，吸着纸烟，乐得

无可无不可的，似乎入了大梦的一般。我那朋友从没享过这种奇福，更得意得甚么似的，直要跳到桌子上唱起《莲花落》，跳起《天魔舞》来。好几回拉住我的臂儿，沉着声问道："我们可是在梦中么？请你重重地拧我一下，我倘觉得痛时，就知道不在梦中咧。"我笑着答道："自然不在梦中。你生着这一副叫化骨头，总脱不了小家气象。我一向原享惯福的，倒没有甚么大惊小怪呢。"等到出茶馆时，我身边还有一个铜元。我那朋友一叠连声地道着谢，就兴兴头头地去了。临行把个纸烟尾儿嵌在耳朵上，说要带回去做个纪念品，将来发财时，决不忘我今天这一面一茶之恩呢。

那朋友去后，我便信步踱去，想这最后的铜元该怎样化去。无意中却又踱到了火车站上，瞧见许多卖报的人，在那里嚷着"一个铜元、一个铜元"。我慢慢儿踱将上去，想这新闻纸上，不知道有甚么好玩的新闻？仗着我识得几个字，倒能瞧它一瞧。横竖今夜不能找甚么宿头了，何不把这最后的铜元买了它一张，在街灯下边细细瞧去，藉此消磨长夜，倒还值得呢。想到这里，听得前边一个孩子也执着几张新闻纸，在那里嚷着"一个铜元、一个铜元"，那时我身边有一个铜元听了这呼

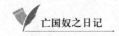

声，似乎勃勃欲动的一般。当下我便挨近了那孩子，瞧着他手中的新闻纸，一壁取了那铜元出来，在手心里顿着：想这最后的铜元，倒很有重量；此刻轻描淡写地化去了，岂不可惜？万一有急难时，就是没命地唤它，可也唤不回来。买这一张捞什子的新闻纸，有什么用？不比得墙壁上贴着的大戏单，夜中倒能当做鸭绒被盖着睡觉呢。我想到了这一层，便把这铜元郑郑重重地收入袋中去。谁知一个不小心，却镗地掉在地上。那孩子是个猴子般矫捷不过的，立刻弯下腰去拾将起来，接着说道："先生你可是要买回一张新闻纸么？不错，一个铜元够了。"说着，竟取了一张新闻纸纳在我手中。我很要夺回那铜元，还他的新闻纸。只想这孩子破口就称我先生，那是我以前从没听得过的，不论怎样，只得算了，就买他这一声先生，似乎也合算呢。瞧那孩子时，却还瞧着我那铜元，倒像验它是不是私版似的。那时我便把眼儿向这最后的铜元道了别，大有黯然销魂之慨。接着微喟了一声，挟着那新闻纸，走将开去。走了四五十步路，恰见路旁有一盏很亮的电灯，我就立住了脚，展开来瞧着。瞧了一会，不见甚么好玩的新闻，有的字不大认识，也跳过了。瞧到末后，便又翻身瞧那广告。眼儿最先着处，却着在一角一个小小儿的方块上。看官们要知道一个小方块，便是我今夜的宿头了。我仔细瞧去，却是一个招雇下人的广告。说要雇一个打杂差的，年纪须在二十五岁左右，身体须强健，性格须诚实，略须识字，每月工资六元；倘有愿就这位置的，赶快前来，下边便登着那公馆的地址。我看了两遍，心想这一家倒很别致，平常人家雇下人总上荐头店去，他们却在新闻纸上登起广告来，怪不得那新闻纸的广告生意分外地好。就是人家拆妍头撵儿子，也须登一个断绝关系的广告呢。只这广告的作用，自也不恶。有的藉着它做个法螺，大吹特吹地吹去，往往乳臭未干，识了几个字，便充着文学大家大登广告，居然老着面皮开学堂做起先生来了。这当儿我瞧着那广告，脑儿里欻地起了一念：想我的一身和那上边恰恰相合，今夜正没宿头，何不赶去试它一试？别管它以后久长不久长，今夜总能舒舒服服地过它一夜咧。主意打定，立时依着那广告上的地址赶去。

一刻钟后，我早在那公馆里头的书房中，见那穿着洋装的少年主人咧。那少年主人向我打量了一会，又问我识字不识字。我一叠连声回说"识的识的"，当下

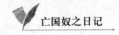
就把新闻纸上那个广告，朗朗读了起来。那少年主人似乎笑了一笑，便说："今夜就留在这里，试了三天再说。"我即忙答应着退将出来，到厨房中休息着，等候使唤。一壁把那新闻纸折叠好了，很郑重地纳入袋中；一壁暗暗感激那最后的铜元，亏得仗着它我才有这三天的食宿。就是第四天上不继续下去，在我也很合算。请问踏遍了上海，可能找到这样便宜的旅馆么？以后倘能久长，自然更好了。前途飞黄腾达，也就全仗那最后的铜元呢！我这样想着，放眼望那外边，只见星光在天，月光在地，仿佛都含着笑容，在那里向我道贺的一般。咦，看官们，对不起，我主人已在里头唤我咧。再会，再会！

血

　　升降机的基础，已打好了。铺上了水泥，水泥上染着一大抹血，一大抹鲜红的血，是一个十四岁小铁匠的血。

　　阴惨惨的天气，已下了三日夜的雨了。风横雨斜，滴滴落个不住，仿佛是造物主在那里落泪。可怜那门内的血，还没福受太阳的照临，衬托着门外的雨丝风片，更觉得凄凉悲惨。

　　南京路某号屋中，有四层的高楼，单有盘梯，没有升降机。一年上屋主因为加了住户的租金，不得不讨好一些，就在盘梯的中央造起升降机来。一个月前，便来了一班铁匠，把那盘梯改造。截短的截短，补长的补长，要腾出当中一个恰好的地位，容纳那升降机。一连做了一个多月，还没有完工。

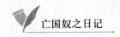

　　四层的楼上都把绳子和狭狭的木板拦住，代替着栏杆。下面升降机的基础，却已打好，铺上了水泥，甚是结实。四条铁柱，也竖起来了。屋中上下的人，都暗暗欢喜，想一二月后就有升降机坐了，上楼下楼不必再劳动自己的脚，省些子脚力上游戏场兜圈子去。

　　那班铁匠的里头，有一个小铁匠，今年十四岁，名儿叫做和尚，他已没有父亲了，家中单有母亲。他是个独生子，并没兄弟姊妹。只为穷苦得很，他母亲不能养他，才投到铁匠作里去，充一个学徒。除了做工以外，还得做许多零星的事务，整日价忙着，没有一刻休息。到得身体疲倦极了，手脚都酸得像要断下来，方才在着地的破被褥中安睡。天色刚亮，就被他师父娘唤起来，依旧牛马般忙着做工，动不动还得捱打捱骂，只索咽下眼泪去。他每天吃的是青菜萝卜黄米饭，难得和鱼肉见面。但他还很快乐，还很满意，出来做工时，常常对着人笑，嘴里低低唱着歌。他见了那穿绸着缎的富家孩子，也并不眼红。

　　这天正是阴雨天气，并且冷得紧。他穿着一件薄薄的黑布棉袄，大清早就到那南京路某号屋中来做工。四层的楼梯上，因为常有人上下走动，沾着湿湿的泥，大大小小的脚印，不知有多少。每一个脚印，似乎表示一种生活中的劳苦。他到了第三层楼上，就取出家伙开始做工。为了天气冷，觉得手脚有些不灵，只还勉强做去。耳中听得门外车马奔腾之声，好不热闹，一时把他的心勾引去了，只是痴痴地想：想自己此刻十四岁，做着学徒，忙了一个月拿不到钱，不知道再过十年又怎么样？自己年纪大了，本领高了，可就能升做伙计，每月有四五块钱的工钱。带回家去交给母亲，母亲一定欢喜，或者给我一块钱做零用。如此每天肚子饿时，不必捱饿，好去买大饼和肉包子吃了。若是再做一二十年，那时我三四十岁，仗着平日间精勤能干，挣下多少钱来，或者已开了铁厂。如此我手头有钱，自己不必再做工，吃的总是肥鱼大肉，比青菜萝卜可口多了；穿的总也绸缎，或是洋装，好不显焕！到那时我母亲可也不致再捱苦，从此好享福了。每逢礼拜日，我便伴着母亲，出去玩耍，坐马车，看戏，吃大菜，使她老人家快乐快乐，也不枉她辛辛苦苦养大我起来……和尚想得得意，竟把做工也忘了。眼望着空洞之中，只是微微地笑。可怜这笑的寿命很短，冷不防脚下一滑，就从那拦着的绳子下面跌了下去，扑地跌在那最下一层水泥铺的基地

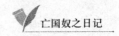

上，脸伏着地一动都不动。

老司务在门口抽着旱烟，没有瞧见，也没有觉得。一会有一个邮差送信来，一眼望见楼梯下当中的水泥地上伏着一个人，便嚷将起来。老司务赶到里边，唤"和尚"，和尚略略一动，却已做声不得。把他抱起来时，地上已留着圆桌面似大的一大抹血。那时门外有汽车掠过，车中有狐裘貂帽的孩子，同着他母亲上亲戚家吃喜酒去。唉，他也是人家的儿子！

五分钟后，和尚在近边的医院中死了。两颗泪珠儿留在眼眶子里，似乎还舍不得离这快乐的世界。唉，以后升降机造成时，大家坐着上下，须记着这下边水泥上染着一大抹血，一大抹鲜红的血，是一个十四岁小铁匠的血！

十年守寡

那阴气沉沉的客厅里挂着白布的灵帏，也像那死人的脸色一样惨白。帏中放出一派幽咽低抑的哭声来道："唉，天哪！你怎么如此忍心，生生地把我们鸳鸯拆散。算我们结婚以来，不过三个年头，难道就招了你的忌么？如今我丈夫死后，叫我怎么样？你倘是有些儿慈悲心的，快把我也带了去罢！"说到这里，一阵子抽咽，几乎回不过气来。接着又哭道："唉，我的亲丈夫啊！你怎地抛下我们去了？你上有父母，下有我和曼儿，都是掏了心儿肝儿爱你的，你平日间也说爱我的，就不该撇了我去。以后的日子正长，叫我和曼儿怎样过去！亲丈夫啊！我的心已为你碎了，求你带着我同去罢！"说完大哭一声，陡地晕了过去。当下起了好多呼唤的声音，有唤姊姊的，唤妹妹的，一阵子忙乱。过了好一会，方始哭醒回来。这时庭中风扫落叶，似乎做着

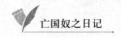

呜咽之声,伴着那箔灰衣灰一块儿打旋子。梁上燕子听得哭声,一时没了主意,只是呆坐着不敢呢喃。

王君荣出殡的那天,他夫人身穿麻衣,头套麻兜,颤巍巍一路哭送出门。那麻兜是把极粗极稀的麻做的,梭子式的洞眼里露出那娇面的玉肌,只是哭狠了,已泛做了红色,再也不像是羊脂白玉一般。然而旁人瞧了都知道她是一个二十岁的青年寡妇,禁不住叹了口气道:"可怜可怜,怎么年纪轻轻就做了寡妇!"大家听了她的哭声,也没一个不心酸的。独有那三岁的女儿阿曼坐在一个女下人的身上,随在柩后,还不知道是怎么一回事。口中衔着小拳头,两个小眼睛骨碌碌地向四下里转。小孩子是穿红着绿惯的,穿了麻衣,着了麻鞋,就分外觉得可惨咧。

王君荣今年不过二十八岁,是个矿工程师。他从北京工业大学矿务专科毕业以后,就受了一家矿公司的聘,做正工程师,他平时很肯用功,成绩自然很好,每天除了正课以外,还买了好多西洋的矿务图书,用心研究,所以他毕业时,就高高地居了第一名。连那德国教授工科博士施德先生也着实赞叹,说他的造诣,正不止大学中一个工科学士,赏他一个博士学位,也不为过唎！他既做了那矿公司的工程师，每月有六百块钱薪水，谁也不说他是中国工业界中一个有希望的青年？这年上他就结了婚，他夫人桑女士也是一个才貌双全的女子。结婚三年，夫妇间的爱情比了火还热，真实做了小说书中美满鸳鸯四个字。第二年生了个女儿，出落得玉雪可念，面目如画，取名叫做阿曼。红闺笑语声中便又多了一种小儿啼笑之声，分外热闹，却不道他们的幸福单有这三年的寿命。这一年四月中，君荣在湖北开采一个铁矿，用炸药时偶不经心，就把他炸伤了要害，医治无效，竟送了性命。一时新闻纸中都有极恳切的悼词。他的亲戚朋友和一般不认识他的人，都掉头太息，说这么一个有为的英俊少年，正挑着一副振兴中国工业的重担，前程万里，可没有限量。哪知轰然一声，竟把他轰去了。中国的工业还有希望么？王君荣遗骸送到上海故乡，王夫人自然哭得死去活来。他父母也分外伤心，仗着家中有钱，矿公司中也送了一笔很厚的抚恤金，把他从丰殡殓了。湖北方面的同事们，就把那铁矿所在的村庄改了个名，叫做王君荣村，作为永久的纪念。

王夫人自从她丈夫死后，悲伤得甚么似的。她十七岁出阁，到今年二十岁，不过三年，原想天长地久，永

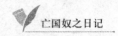

永厮守在一起。加着得了这么一个好夫婿，芳心中自然
也得意万分。哪知平地一声雷，把她的丈夫夺去了。三
年中生了个女儿，又没生儿子。女儿终是要嫁人的，身
后没有嗣续，岂不可叹。自分此身，自然要一辈子埋在
泪花中，给他守寡，也不枉他三年来的相爱。只是以后
的悠悠岁月，待怎么消磨过去啊？她本想一死殉节，然
而不知怎的，却舍不得那三岁的女儿阿曼。她屡次把金
约指纳在樱口中，只一想起女儿，就哇地吐了出来，慢
慢地把死志打消了。可怜这一个二十岁的青年寡妇，天
天过着断肠日子，真个对花洒泪，见月伤心。这一个偌
大的缺陷，再也不能弥补的咧。她本来是喜欢玩的，从
此却死心塌地，戏也不看了，牌也不打了，游戏场也不
逛了，往往独坐空房，饮恨弹泪，对着亡夫的遗物，自
不免有人亡物在之感。见了丈夫一本书，就下一回泪；
瞧了丈夫一个墨水壶，就哭一回，索性把这壶子盛她的
眼泪了。这样过了一年，她简直拗断了柔肠，捣碎了芳
心。一个躯壳，似乎已有半个伴着她丈夫同埋地下咧！

　　中国几千年的老例是男子死了一个妻，不妨再娶
十个八个妻的；女子死了夫，却绝对不许再嫁。再嫁时
就不免被人议论，受人嘲笑，以后就好似在额上烙了

"再醮妇"三个大字，再也不能出去见人。这社会中一种无形的潜势力，直是打成了一张钢罗铁网，把女子们牢牢缚着。倘敢摆脱时，那就算不得是个好女子咧。这当儿倘有人可怜见这二十岁的青年寡妇，劝她再嫁，她在悲极怨极时，未始不能咬咬牙齿去找一个人做终身之托，好忘她心中的痛苦。然而没有人敢出口劝她，她也不敢跳出铁网去。只落得亲戚邻人们啧啧称赞道："好一个节妇，好一个节妇！难得，难得。"除了这一句不相干的话外，再也没有甚么事足以慰藉她了。她翁姑见她留在家里随时随处都生感触，家中人又少，没法使她快乐，就劝她常在母家走动走动。因为她家有好几个兄弟姊妹，彼此都很合得来的。她在百无聊赖中，摆布不得，便也常往母家去。好在母家人人都爱她。父母更不用说了，妯娌和姊妹们瞧她可怜，千方百计地逗她快乐，不是打牌，便是看戏，上馆子，要使她没有片刻空闲的时候想起亡夫来。然而这样深悲极痛，是刻在骨上的，哪能忘怀？有时见了甚么悲剧，挑起心头隐恨，往往红着眼眶儿回去，眼瞧着兄弟姊妹都是对对鸳鸯，十分亲热，即使在反目的时候，闹得惊天动地，在她眼中瞧去，也总觉得有幸福，比了一个孤零身子，要反目都

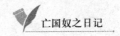

不能可不是强多么？然而她虽羡慕夫妇之福，自己却
并没有再嫁的意思。人家娶媳妇嫁女儿，她总不愿去
瞧一瞧，生怕见了难堪。这样一连十年，真个姜心如
古井了。

王夫人长住在母家，不再到夫家去，翁姑们瞧她十
年守寡，不落人家说一句话，也自点头慨叹说，他们王
家祖上积德，后代才有这么一个小节妇，真是难得呢！
于是送了一个存款的折子过来，给她取钱零用。又暗中
嘱咐她父母，不时同她出去散散心。王夫人好生感激，
除了阖家出去玩时凑凑热闹外，常日总是守在家里教女
儿读书学绣，委实安分得很，十年一日，不曾改变她的
节操。左右邻舍哪一个不说她好，恨不得给她造起节妇
的牌坊来，做普天下女子的师表呢。

王夫人守寡第十一年的那年上，邻人们蓦地不见
了她。大家都以为回夫家去咧，倒也不以为怪。到得第
十二年的阳春三月，邻人们不由得吓了一跳，原来王夫
人又出现了，还多了一个小娃娃。中国的社会是最喜欢
管闲事的，简直连邻猫生子也要与闻与闻。如今就把猜
疑的眼光，集在王夫人身上，大家都想问问这小孩子是
哪里来的。然而王夫人一见他们走近时，早就讪讪地避

开去了。于是大家益发猜疑，把心中的节妇坊打倒了一半。这疑团怀了一个多月，才由王夫人母家的一个女下人传出消息来，说那小娃实是王夫人去年生的。她十年守寡，原早已死了心。却不道孽缘来了，偏偏有一个亲戚家的男子常来走动，目挑心招给她已死的心吃了回生剂，竟复活了。不知怎地在外边生了关系，父母没有法儿想，只索听她。后来他们俩就一同租了屋子，早去夜来，合伙儿过日子。据说那男子家中早有了妻子，手头也没有钱，然而王夫人像有神驱鬼使似的竟愿偷偷摸摸地和他混在一起，去过那清苦的生活。她未尝不想起自己这么一来，未免对不起那为公而死的王君荣。叵耐她那一颗芳心没有化成她丈夫坟上的石碑，也不曾伴着她丈夫同埋地下。苦守了十年，到底战不过情欲，只索向情天欲海竖了降幡，追波逐浪地飘去了。不上一年就生下个小娃娃来。先不敢出来，知道要惹人笑话，然而母家又不能不走，隐瞒是不能久的，也就硬着头皮索性露面了。她的心中未始不含着苦痛，然而又有甚么法儿想？世界是用"情"造成的，胸窝中有这一颗心在着，可能逃过这个"情"字么？

　　王夫人做了失节之妇，不久就传遍远近了。翁姑都

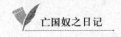

长叹一声，说年轻妇人毕竟是靠不住的，懊悔当年不曾出口唤她改嫁，倒落得清白干净。父母也生了气，虽还体谅她青年守节，本来难受，只是待她也不如从前了。兄弟姊妹和妯娌们也另用一副眼光瞧她，虽仍同她亲热，只是谈笑之间，都含着些儿假意了。连她十三岁的女儿阿曼也和她渐渐疏远，镇日价埋头在书卷女红中，装做个不见不闻。她回顾一身，真乏味得很，和她亲爱的，不过是一个没有名义的丈夫，和一个没有名义的小娃娃。就她自己也没有名义，既不能算那人的妻，又不能算那人的妾。只听得社会中众口同声地说道："一个失节妇，一个失节妇！"

　　王夫人的失节，可是王夫人的罪么？我说不是王夫人的罪，是旧社会喜欢管闲事的罪，是旧格言"一女不事二夫"的罪。王夫人给那钢罗铁网缚着，偶然被情丝牵惹，就把她牵出来了。我可怜见王夫人，便蘸着眼泪做这一篇可怜文字，然而吹皱一池春水，干卿底事，我又免不了要受管闲事的罪名呢！

脚

车儿有轮子，才能载人载货物，行千里万里。人身也有轮子，仗着它往来走动，又一大半仗着它和生活潮流去奋斗。这轮子是甚么？不消说是一双脚。没有了脚，虽然一样呼吸做人，其实已成了个活死人，一半儿不能算是人了。在下侥幸有了脚，又侥幸没有坏，便一年年奔走名利场中。到底搬着这一双脚为了谁忙，又忙些甚么，我自己也回答不来，最不幸的就把我的性灵汩没了。然而这一双脚偏又缺它不得，横竖不走邪路，不走做官的终南捷径，也就罢咧。在下做这一篇《脚》，因为有两只脚嵌在我的脑筋和心目之间，兀的不能忘怀，只一闭眼就瞧见这两只脚。两只脚是属于两个人身上的：一只脚把脚尖点着地，脚跟离地一尺；一只脚从电车下拖出来，变了个血肉模糊！唉，好可怜的脚！

河南路棋盘街口，有一个二十多岁的黄包车夫，拖

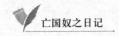

着车子招徕坐客。街角站着一个佣妇模样的少妇，提着两只挺大的篮子，要招车子。那车夫便柔声下气地求她坐，带着笑说道："大小姐，请你坐我的车子罢！从这里到火车站，好长的路，人家至少要一角钱，我只消六个铜子够了。比人家多么便宜！"那佣妇把头一扭道："我不要坐你的车，你跑不快的。"那车夫又道："你不妨坐了试试。我虽是点脚，跑得也很快。你倘嫌不快时，尽可在半路上跳下来，一个大钱都不要你的。"那佣妇依旧不愿坐，到底坐了车钱一角的车子去了。那车夫瞧了自己的脚一眼，低低骂道："天杀的，我都吃了你的亏！"原来徐阿生的左脚，天生是个点脚。要是点得低一些，人家可就不大注意，偏偏是个双料的点脚，五个脚指竖在地上，脚跟耸得高高的，离地足有一尺光景。除了双料近视眼和六十岁眼钝的老公公老婆婆外，没有不瞧见他一双脚的。阿生从小不曾读过书，家中又穷得精光。父母死时，他已十六岁，以后不得不设法自立，要找好些的事儿做。一则为了不读书没本领，二则为了那只点脚，再也不能走上发达的路去。末后穷得要死，连吃顿粥的钱都没有了，没法儿想，只得向亲戚们凑借了几个钱，租了一辆黄包车，做这车夫的生活。其

实他那一只点脚，万万不配做车夫。车夫是靠着脚吃饭
的，他这脚既打了个六折七折，不能飞跑，这一只饭碗
终也是靠不住了。阿生每天拖着车子出去，自己原知道
倘给人家瞧见了这点脚，一定不肯坐他的车子，因此上
他总把右脚放在前面，遮住左脚，车价也不敢多讨，生
怕主顾掉头他去。只消人家肯跨上他的车子，他就得意
极了。他讨车价也并不是随意乱说的，估量路的远近，
规定数目，比旁的车夫便宜七折。主顾仍嫌贵时，就打
一个六折。他心儿里挂着定价表，那点起的左脚上可黏
着大放盘的招贴咧。有几个粗心的贪他价钱便宜，刷地
跳上车去，阿生拖了就跑，也不顾街路是刀山是剑池，
总是没命地奔。然而生着一只点脚，哪能比得上旁的车
夫？有些主顾，都是《水浒》传上霹雳火秦明的子孙，
性儿躁得了不得。往往等阿生拖到了半路，呼幺喝六地
跳下车去，不名一钱地走了。好在白坐了一会，不曾劳
动贵腿，到底合算，再有一半的路就是走去也好，落得
省了钱。阿生也没有法儿想，臭汗流了满头满脸，白瞪
着眼送他远去。回过身来又把右脚遮了左脚，哀求旁人
坐他的车了。有些人没有急事，生性也和平些的，就一
壁催着阿生，一壁耐性儿坐到目的地，把已放盘的车价

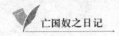

打一个折扣，说是为他点脚跑得慢的缘故。这种人已算是有良心的，阿生心中已感激得很。至于有几位没有火气的老公公老婆婆们，既不嫌他慢，又不扣他钱的，那真是乐善好施的大慈善家咧。阿生因为不容易得到主顾，又往往受半路下车的损失，所以一天中所得的钱，除了付去租车费外，简直连三顿苦饭也张罗不到。有时花两铜子买两个大饼吃下去，也就抵去一顿饭了。阿生原觉这种生活太苦，叵耐除此以外竟找不到甚么好些的事。一连好几年，仍和一辆黄包车相依为命，左脚仍点着，仍是哀求人家坐他的车。可怜他一身的血汗，不过和那车轮下的泥沙一样价值！

王狗儿十一岁上，就进了玻璃店做学徒。他就在这一年，死了他的父亲。他父亲是卖鲜果的，终年跟着时令，卖桃子，卖枇杷，卖西瓜，卖桔子，沿街唤卖，天天总要唤哑了喉咙回来。鲜果易烂，常常要受损失，如今他的身子也像桃子、枇杷、西瓜、桔子般烂去咧。卖鲜果的小贩是没有遗产传给他寡妻孤子的，两只装鲜果的竹篓担子，就是他唯一的遗产了。王狗儿母亲没有钱给儿子吃饭，又见丈夫卖鲜果不曾发财，因此不愿教儿子再理旧业。仗着隔壁玻璃店掌柜陈老先生的提拔，带他到店中做学徒去。玻璃店可没有多大的事给他学习，除了把金刚钻针划玻璃以外，就是扫地抹桌、淘米洗菜，替师娘抱小孩子，给师父倒便壶洗水烟袋。这简直不但做徒弟，还兼着婢女小厮老妈子的职务，倒也能算得能者多劳了。像这么重的一副担子，岂是一个十一岁的孩子所能胜任的？他要生在富家，可就能穿绸着缎，吃好东西，还得躲在奶妈子怀中打盹咧。然而上天造人，往往替富人和高一级的人打算，特地造成一种牛马式的人，好供他们役使。这一个王狗儿，也就是天生牛马式的人了。狗儿做学徒，一连三年，打骂已捱得够了，却不曾得到一个大钱。因为学徒的年限内，是照例白做事没有工钱的。狗儿母亲见儿子有了着落，不吃她的饭，已很满意。她自己替人家洗衣服，赚几个苦钱，也能勉强度日。有时狗儿捉空回家去，他母亲总勉励他，说你快勤恳做事，好好儿地不要犯过失；再过两年，就有工钱给你了。狗儿生平从没有过一块钱，不知道藏在身边是怎样重的。他曾见顾客们来买玻璃，掏出银洋来放在柜台上，银光灿烂，煞是好看，又叮叮当当好听得很。因此他也很希望有工钱到手，做事加倍地出力，师父和师娘嘴儿一动，他已忙着去做了。有一天他

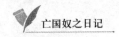

送十多块玻璃到一家顾客家去，把一个篮子盛着。师父见路太远了，为节省时间起见，给他四个铜子，唤他来去都坐了电车，又把上车下车的地点和他说明了。狗儿坐电车是第一次，又是一字不识的，只索在电车站上向人打听该坐哪一辆电车，"伯伯叔叔"叫得震天价响。大多数人对于这种闲事是不肯管的，怕一开口损失了唾沫。这天却有一位古道可风的先生，竟指点他上了一辆电车。狗儿很兴头地坐在车中，身儿飘飘荡荡地很觉有趣，心中便感激师父给他享福，以后做事更要勤些，把平日间的打骂全个儿忘了。当下便又向旁的车客问明了下车地点，提心吊胆地等着。末后听得卖票人已喊出那条路名来了，车儿还没有停，已有好几个车客拥向车门。他心慌意乱，抢在前面，又被背后的人一挤，连着一篮子的玻璃倒栽下去。不知怎的一只右脚伸在车轮下边，到得车儿停时，拖出脚来，早已满沾着血。加着他赤着脚，模样儿更是可惨。他倒并不觉得痛楚，连哭也忘了。坐在地上，收拾那破碎的玻璃，装在篮中，手上脸上已割碎了好几处。街上的行人和车中的坐客，都挤着瞧热闹，却没有人问他痛不痛的。一会儿巡捕来了，把旁人轰散。电车的轮儿闹了这乱子，不负责任，也早

飞一般地载着车儿去了。巡捕说狗儿自不小心，合当捱
苦。当下问了那玻璃店所在，替他叫了一辆黄包车，一
挥手排开众人，大踏步走开去。他的责任也就完咧。狗
儿坐到车上，脸色已泛得惨白。他瞧着那十几块玻璃，
稀烂的散在篮子里，知道回去定要受师父的一顿臭打，
泪珠儿就止不住淌将出来。那脚上的痛楚也觉得了，好
似有千百把钢刀在那里乱戳，热溜溜地痛得利害。低头
一瞧，见脚背上鲜血乱迸，车中也淌了好些血，一晃一
晃地动着。狗儿咬着牙忍痛，一壁低唤阿母。直唤到店
中，便觉痛也略略减了。他师父蓦见他坐了黄包车回
来，先就吓了一跳，接着瞧见那一篮的破玻璃，知道闯
了祸，揪住狗儿便打。最后见了那只血肉模糊的脚，方
始住手，问明原由，又把狗儿骂了一顿。一见破玻璃，
心中恨得牙痒痒的，再也不管他的脚。可是砸了玻璃，
血本有关，学徒任是碾断了脚，也不关他痛痒的。那掌
柜的陈老先生知道自己是个介绍人，万不能袖手旁观，
即忙把狗儿送回家去。狗儿到家中时，已痛得晕过去。
狗儿母亲见儿子坏了脚回来，险些把心胆吓碎，肚肠都
吓断了，疾忙把一香炉的香灰，倒在那脚上。然而血仍
淌个不住，想请医生，苦的没有钱。那陈老先生是个吝

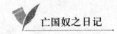

啬鬼，向来一毛不拔的。刚才送狗儿回来，已损失了车钱，正在心痛。去向玻璃店主人商量，他老人家就把那一篮的破玻璃献宝似的献出来，反要求狗儿母亲赔偿损失，更算那三年多的饭钱。狗儿母亲没法，只索哭着回家。邻人们劝她送狗儿进医院去，只是进医院也要钱，又听说外国医生要动刀截去脚的，一吓一个回旋，更不敢送医院了。狗儿醒回来后，不时地嚷痛。他母亲吊了一二桶的井水，放在床边，喊一声痛，泼一回水，略觉好些。当夜就又堆上好多香灰，把好几块的破布包裹起来。这样一连几天；狗儿只是躺在床上喊痛，痛得周身发热。母亲没奈何，只索抱住那只脚，抽抽咽咽地哭。十五岁的孩子，哪能熬得住这样的痛苦！那脚既没有一些药敷上去，只吃饱了井水和香灰，便烂得一天大似一天。十天以后，竟烂去半只脚。这半只脚就带着狗儿到枉死城中去了。狗儿母亲哭得死去活来，不上一个月，竟发了疯，镇日价抱着一只破凳子脚，在门前哭，说是她儿子的脚。

旧约

斜阳下去了，天已夜了。河边散步的人，都已散开去了，四下里渐渐寂静没有声响。但听得远处闹市中还有车马箫管之声，杂在一起，隐隐送到这个所在，却好似在别一世界中了。河边一只游椅中坐着一个少年，脸色沉郁得很，不时望着那半天星月长吁短叹，又喃喃自语道："交易所！交易所！原来是陷人的陷阱！我可就落在这阱中了。那蚀去的两万块钱，明天拿甚么还与债主？手头一个钱都没有，这便怎么处？"说时，望着那黑魆魆的河上，眼前陡地起了一种幻象，仿佛见一座挺大的牢狱峙在那里，开着两扇牢门，似是一头猛虎张开着大口等他进去，好不可怕！那少年一阵打颤，忙把两手掩住了脸，不敢再看这个幻象。当下呆坐了一会，似乎已打定主意了，蓦地长叹一声站起身来，仰天惨呼道："生不如死，死后就能逃去一切苦痛！我还是死

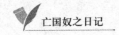

罢。"便颤巍巍地直赶到河边铁栏杆旁,两手紧握着栏,把上半身弯倒在栏外,预备两脚向上一耸,一个倒栽葱栽到河中去。谁知正在这当儿,猛听得背后起了一片脚步声,早有人把他紧紧抱住。一壁说道:"好好青年,甚么事不能设法?哪里没有生路,却偏要向河中觅死路去?"那少年没奈何,只得离了铁栏回过身来,抬头瞧时,见是一个衣冠齐整的中年人,口中嘴着一枝雪茄立在那里,两眼停注在自己身上,脸上十分和善。那少年倒觉得忸怩起来,低着头一声儿不响。那中年人又道:"到底是为了怎么一回事?快和我说,我或能助你一臂。你瞧那黑黑的水发怒似的流着,何等怕人!你为什么去乞灵于它?难道除了它,再也没有旁的路么?"少年太息道:"没有路了!不瞒先生说,我身上正负着二万块钱的一笔大债,明天须得还与债主。但我除了一身之外不名一钱,因此赶到河边来寻一个归宿之地,撒手离了世界,这笔债也就逃去了。"那中年人道:"但你这笔债又是怎样欠下的?可是为了平日间狂嫖滥赌,有荒唐的行径才挥霍去了这二万块钱么?"少年摇头答道:"并不是在嫖赌中挥霍去的,只为起了个发横财的妄想,张罗了许多钱,一古脑儿去买那交易所现股。起先情形还不恶，竟能赚进几个钱，但我还希望它飞涨起来，比本钱涨上几倍，方始脱手。谁知不上几时，交易所的西洋镜拆穿了，股票的价值越跌越低。我慌了，生怕它末后连一个大钱都不值，即忙卖出。合算起来，除去收入的数目料理一部分债务外，还足足欠人二万块钱！明天无论如何必须归还，然而我的路都已断绝，又向哪里去设法呢？"那中年人叹道："唉，交易所不知道已坑死多少人了！你为甚么也妄想发财，陷到这陷阱中去？要知我们既在这世界中做人，应当劳心劳力地去做事，得那正当的血汗代价，若要不劳而获，世上哪有这种便宜的事？你平日可有甚么正当的营业么？"少年道："有的。我本是高等商业学堂银行专科的毕业生，离了学堂以后就在市立银行中办事，充出纳部的副部长，每月也有一百块钱的薪水，年底分红也很不薄。"中年人道："如此你前途很有希望，将来发扬光大也未必不能成一个富人，为甚么不好好儿依着这正路走，偏自轻意走到那邪路中去呢？你可有父母可有兄弟么？"少年道："父母单生我一个人，并没有兄弟姊妹。父亲也已去世十年，如今单有母亲在家。"中年人道："好狠心的人！你发财不成自管觅死，便抛下你

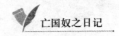

母亲孤零零地过活么？"少年道："这也是没法的事！我本来很爱母亲，很要使她享福，但是事已如此，哪里还能顾到她老人家？"中年人道："大好青年应当在世界中做些事业，好好儿奋斗一场，自杀的便是懦夫，是弱虫。即使做错了事也该设法改变过来，万不能一死自了，把你父母辛苦抚育你长大的身体断送了。"少年颤声说道："先生！请你不要苛责。我们立地做人，谁不爱惜他的性命？瞧那花花世界，何等可爱，谁不想长生不老，永永厮守着？像我这样割舍一切，要投身到河中去，也叫做无可奈何呢！先生请便，我管我死，你管你走路罢。"说完旋过身去，仍要向铁栏杆畔走。那中年人却一把扯住他道："算了算了，没的为了二万块钱牺牲性命，我自问还有这能力助你一臂，我们且来商量一下子。"一壁说，一壁同着那少年在游椅中坐下。接着又道："我听了你的谈吐，知道你实是一个诚实的少年，堕落还没有深，发达也甚是容易。你要二万块钱还债，我此刻就签一张支票给你，不过我有一个条件愿你遵守：以后不许再做那种不正当的营业，好好地仍到那市立银行中当你的出纳部副部长去。每月一百块钱的薪水，似乎尽够你们母子俩的用度。市立银行是一家很发达的银行，照你这一百块钱薪水算，明年此时至少有二千块钱的分红。今夜我给你这二万块钱，完全是借贷性质，虽然不须借据不须付息，但你年年今夜须到这里来还我二千块钱，十年分十期，理清这笔债。你可能答应下来么？"那少年做梦也想不到一条绝路中忽然开出一条生路来，当下感激涕零不知道该说甚么话才好，支吾了好一会才嗫嗫嚅嚅地说道："先——先生，我甚么都愿答应！以后定要依着正路走，决不再堕入魔道了。一年二千块钱，我也敢答应的。"中年人很高兴似的说道："这样再好没有。我们准定照这样办，年年今夜我在这里等你的二千块钱。在这一件事上，我能见你的人格如何，你可不要失约啊！"少年连应了几声不敢。他便从身边掏出一本支票簿来，就着一边街灯下面签了一张二万块钱的支票给少年藏好了，又安慰了几句，便说一声再会，三脚两步跑去了。少年随后喊道："且慢，请问先生尊姓大号？"那中年人似乎不听得，飞一般跑去。少年又大声说道："先生记着，我叫做胡小波！我叫做胡小波！"那时星月在天，照见那中年人已在街角上跳上一辆马车，渐渐远去了。

　　胡小波得了那二万块钱，第二天把债务一起料理

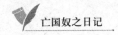

清楚，顿觉心头舒服，身上轻松。放着一副自然的笑脸
回去见母亲，把前后的事都说了出来，母子俩哭一回笑
一回，又悲又喜。他母亲更不住地念着佛号，要替那不
留名的大恩人供长生牌位。小波银行中的职位原没有辞
退，自然照常前去办事。前几天满面愁云，如今可换上
一副笑脸了，映着那出纳部柜台上明晃晃的黄铜栏杆，
更见得神采飞扬。他心中已立定主意，从今天起可要重
新做人，依着袁了凡氏"以前种种，譬如昨日死；以后
种种，譬如今日生"的两句话，脚踏实地做去。他心中
脑中深深刻着那夜预备投河时的情景，又牢牢记着那恩
人的一番金玉之言，把一切发财的妄想、行乐的恶念，
全都赶走了。每天到银行中勤恳办事，再也没有旁的意
念来扰他的精神。第二年年底，他喜出望外，竟得了
三千块钱的分红！暗想，这回就能付清十分之一的债款
了。到了那和去年同月同日的夜中，就揣着三千块钱的
钞票，守着旧约到河边去，会那不留名的恩人，坐在游
椅中回想去年此时情景，真觉得感慨不浅。但是这夜从
七点钟起直等到十二点钟，不见那恩人到来。河岸草地
外的大街中，除了曾有一辆汽车开过外，并没有旁的车
子经过，走过的人也不多，没一个到河边来的。小波没

奈何，只索没精打采地回去。明天到银行中，就用了不留名先生的名义，把三千块钱一起存下了。以后一连几年，小波兢兢业业，尽心在银行中，他的职位已从副部长升到正部长，每月的薪水既加多，每年的分红也加厚了。他母亲见儿子一年胜似一年，常常嘻开了嘴笑。每年到了那一个投河纪念的夜中，他总揣了二千块钱到河边去，然而一次也不见那恩人到来。他心中好生诧异，想那恩人可是打算把二万块钱的债务取消了么？但他仍不敢动用一钱，把分红所入一起存入银行。曾有两回在各大报纸上登了封面广告访寻那不留名的恩人，却一封回信都没有来。他一年年依旧守着旧约，却一年年失望回来。到了第十年上，小波一查银行中的存款，连本带利已有了十万块钱。等到了那夜，便提出八万块钱一张支票仍到河边去，预备把旧债加上几倍，还他八万，藉此表示自己的感激之心。说也奇怪，这夜他刚到河边，那恩人早已在游椅中坐着等他了。一见了小波，便立起来和他握手道："恭喜恭喜！十年来你已完全换了个人了。银行中挣下了多少钱？可有十万么？"小波笑着答道："已有十万了。十年来每逢这一夜，我总守着旧约，怀了那笔钱到这里来，但总不见你老人家践约。

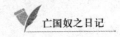

我没法想了，又为的不知道尊姓大号，没处可送，登了广告又不见回信，于是只得把钱存入银行。今天我预备和你老人家打消这笔旧债，十年前的二万之数，加利奉还。"说时，忙把那张支票双手递与那中年人，眼中不觉落了两滴感激的热泪。那中年人却把小波的手儿一推，带笑说道："小波，算了。这笔债早就取消。我不是别人，便是人家称做中国丝王的洪逵一，家资千万，还希罕你这八万块钱么？当初我给你二万，本是可怜见你，存心送给你的，只怕当时不是那么激励你一下，你就没有这一天呢！但我还须向你道歉，十年中失了九回的约，累你白白等我，真对不起得很！每逢这一夜，我原也坐着汽车经过这里，瞧你来也不来。十年中你竟一回不脱，足见你真是个不可多得的君子，使我佩服极了。"小波听得他就是丝王洪逵一，几乎一吓一个回旋，当下忙又说了好多感激的话。洪逵一瞧着小波，又笑问道："小波你有了那十万块钱，打算怎样？可要开一家交易所玩玩么？"小波忙说："不敢不敢。目前中国没有完备的造纸厂，还是去开一家造纸厂。不知道逵翁意下如何？"洪逵一道："这意思很好。我再助你十万基本金，你自管好好儿办去。"

　　第二年春上，胡小波便辞去了银行中的职位，开办造纸厂了。不上三年，已很发达，中国的报界出版界全都用他厂中的出品。一年年过去，差不多已和洪逵一的丝业分庭抗礼，小波名利双收，好生得意。他得意中的第一事，就是洪逵一才貌双全的女公子德英，已做了他的夫人了！

圣贼

世界中没有不能改过的人，有了过失，只要有决心去改就是了。陈德怀是个贼，他所犯的过失要算大了，然而也勇于改过。他最后的结局，仍死在铁窗之下，却正像耶稣在十字架上就义，有牺牲的精神。他不但改过，还保全一个恩人之子，到底使这恩人之子也改过了；但他死后，社会中人还骂着他道："他是一个贼，他是一个贼。"

陈德怀做贼，是从中学堂里做起的。他早年死了父母，家中又没有钱，在孤儿院中毕业后，送到中学校受中学教育。他寄宿在校中，学费膳宿费却豁免的。他天资很聪明，功课总在八十分以上。这时他已二十岁了，不幸有了一种嗜好，这嗜好也是他的同学们引起来的。你道是甚么？便是打扑克。同花顺子，常常同着三角几何中的方式，盘据在他的心脑中。晚上和他同房间的，有五个同学都是打扑克的健将，家道也都不恶，向家中取了钱便带来做赌本。每天晚上息火安睡时，他们只假睡了一会，就悄悄地起来，同聚在一个帐中，点了洋烛，立时开赌了。好在扑克牌不比麻雀牌，纸片儿寂静无声，神不知鬼不觉地尽自赌去。只要取到了好牌，不跳起来欢呼，那就不怕败露。那监学程先生恰又是个瞌睡汉，往往一睡睡到大天光，半夜里并不起来查察，他们的赌局，可也是一百年不会捉破的。德怀既和他们同房间，自也加入伙儿，不知怎的，从此竟入了魔道，每天不赌不能过瘾。叵耐赌运不好，十赌九输。他生性又喜欢虚荣，家都没有偏要装做富家子模样，连赌了几夜，他竟输了十多块钱。手头哪里有甚么钱？只索记账。但是心头很觉不快，总想要料理这笔赌债，一天到晚虽仍用心读书，一壁却兀在那里想得钱之法。有一天他下课后，偶因问一节文法入到英文教员的房间中去，瞥见桌子上放着一只金光灿灿的金表，像火箭般直射到他眼中。他心中一动，接着别别别地乱跳起来，当下胡乱问了文法退将出来，心头眼底就牢嵌着这一只金表，估量它的代价总要好几十块钱，如此还了赌债，还有余下来的钱做赌本。他这么一想，就立下决心要去偷了。

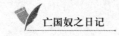

他的房间恰恰和英文教员是斜对门，那时同学们大半在操场上运动，宿舍中没有多少人，只有几个死用功的同学，关紧了房门在那里自修。他在门罅中偷瞧着英文教员的房门，守了好久，蓦听得门声一响，英文教员出来了。德怀的心陡又猛跳起来，满脸子蒸得火热，一霎时间心中似乎变了一片战场，爱名誉的心和爱钱的心彼此厮杀起来。临了儿到底是爱钱的心占了胜利，于是蹑手蹑脚地溜将过去，硬着头皮推门进房，一眼瞧见那金表仍在桌上，似乎对着他笑。他这时已自以为贼了，刷地赶到桌前取了那金表揣在怀中，依旧蹑手蹑脚地溜出来。哪里知道合该有事，刚刚溜出门口，那英文教员早已回来，一见德怀，便问有甚么事。德怀面色如死，讷讷地回不出话来，忽地探出那只金表，想捉空儿捺在那里。这一下子可就被英文教员瞧出来了，先向桌子上一瞧，忙把他臂儿扯住，那只金光照眼的金表早在他手中奕奕地晃动了。英文教员大发雷霆，拉他去见校长。不一会"陈德怀做贼"已传遍了全校，通告处揭起开除牌子，限明天清早出校。这一夜他缩在床上，捱尽了同学们冷嘲热骂，连那五个扑克朋友也不留情面，要和他清算赌账。德怀逼得无可奈何，只得苦苦地哀求，

耳边但听得四下里都腾着一种声音，仿佛说"陈德怀是
个贼"，"陈德怀是个贼"。第二天早上，可怜陈德怀
便背着一个铺盖，在同学们嘲骂声中低头出校去了。德
怀无家可归，便到孤儿院中去恳求院长，一把鼻涕一把
眼泪说了好多忏悔话，立誓以后决不再犯过失。院长戈
厚甫是个恺恻慈祥的老先生，今年六十岁了，脸上额上
都满着皱纹，每一条皱纹中似乎都含着一团和气。他见
德怀怪可怜见的，自然答应他设法。当下便写了一封
信，介绍到旁的一个中学校去。哪知他偷金表的事已传
得很远很快，他们一见"陈德怀"三字，都掉头拒绝说
我们这里都是好好的学生，不能容一个贼在里头。连试
了几个学堂，都是如此。德怀惭恨交加，自悔当日的一
时之误，一壁却又怨恨那些学堂，想一个人犯了过，可
是绝对不许他改过么？要回到孤儿院中去，却又觉得惭
愧见院长，因此决意不去。向四下里谋事做，知道这陈
德怀三字不能见人了，便化了许多名字到处撞去。然而
他额上仿佛刺着一个贼字似的，没有人肯收容他。其实
并不知道他曾做过贼，实在为目前谋事的人太多了，位
置却不多，因此跑去都碰一鼻子灰。有的有位置空着，
却要保人押柜银，这两要件他都做不到，便不能做甚么

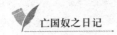

事。他没法可想，于是流落了。那铺盖早已变钱，支持了两个多礼拜，渐渐儿把身上衣服剥下来。这当儿已是深秋，树头叶子黄了，西风刮得很紧。陈德怀的身上已剩了两件短衫子，去和西风作战。他要做化子，又苦的没有这嘴脸向人去化钱。打定主意，惟有走"自杀"的一条路了。一天早上，他长吁短叹在一条小弄中走，预备寻一条河去，低倒了头，泪如雨下。正在这时，猛觉得有人在他肩头拍了一下，抬头望时却见是孤儿院院长戈老先生。院长不等他开口，先就说道："德怀，你既不能进旁的学堂，为甚么不回到院中来？我曾着人找了你几天，竟找不到。你堕落到如此，将来还能在社会中做事么？"德怀哭着答道："戈先生，学生并不要如此，只为学堂中既不肯收，要谋事又谋不到，回来见先生自己又觉得惭愧。想我永远挂着这个……贼……的头衔，一辈子没有希望了，今天打算自杀去，免得在世上出丑。再去做贼，那是我万万不愿的。"戈院长正色道："德怀，别说到自杀两字。一个人偶犯过失，可不打紧。我相信你是个能改过的人，快快努力做君子，洗净你的恶名。人家不收容你，我收容你。院中正要多用一个书记，就委你担任，每月十五块钱的薪水，可也够你一个人使用了。"这时德怀感激已极，长跪在戈院长跟前，流泪说道："戈先生，学生感激极了！只图来生报答你的大恩。要是社会中人都像先生般宽大，容人改过，以后犯过的人可就少了。"戈院长扶他起来道："算了，你且同我家去，借我儿子的衣服用一用，从明天起好好在院中办事，别辜负我成全你的苦心。"德怀忙收泪答道："我知道！我知道！"

陈德怀在孤儿院中做书记，天天勤恳办事，毫不懈怠，骂他贼的声浪也渐渐儿没有了。他怕人小觑他，也不敢和人交接，只是伏在办事室中，自管做他的分内事，少说少笑，变做了个很古板的人。同事们有知道他往事的，也不敢再讥笑他，背地里总说他是勇于改过的。院长有一个儿子，叫做戈少甫，在院中充舍监，今年三十岁左右。面目俊爽，是个风流自赏的人物，常瞒着他父亲在外面逛逛窑子，吃吃花酒。家中有慈母，很肯给钱他使，因此挥金如土，未免太豪放了些。他和德怀倒很合得来，凡是私人信件也得拜托德怀代笔，德怀自然没有不效劳的，有时有甚么不大正当的事，还得苦口劝着少甫。少甫没有话，只是点头笑笑罢了。

德怀在院中一年多了，很得戈院长的信任，常在

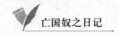

董事们跟前称赞他，说天下第一个勇于改过的，要算得是陈德怀了。德怀愈加奋勉，一心向上，他见院长儿子在外荒唐很为担忧，又不敢去告诉院长，伤他们父子的感情。一天院长收到了一个慈善家的捐款，是三千块钱一张支票，交到办事室中，那时办事室中有好多人，少甫和德怀都在那里。司库的会计先生正忙着算一笔很乱的旧账，把支票搁在桌子上不曾收拾好，一转眼却不见了。当下室中大乱，会计满地里乱寻没有寻到，于是又急又恼，说一时间还没人出去，非得向各人身边搜一下子不可。五分钟后，便在陈德怀身边搜出来。会计暴跳如雷，不肯罢休，立时唤校役去召警察来，把德怀拘捕去了。到得院长到来，已来不及。他心中也很着恼，想德怀的改过，原来是装着幌子哄人的，到底种了贼的根性总难变换过来，我倒上了他的当，还信任他，一见了钱可又来了。于是气冷了心，尽看德怀去受法律的裁判。三天以后，已由官中判定了一年的监禁。一时"陈德怀做贼"的声浪，又传遍了社会，凡是知道他的人都唾弃他了。他入狱后，并没甚么悔恨，面上反常有笑容。第二年夏季，快要期满释放，忽然害了急痧，不上五分钟便气绝了。大家听了这个消息，都淡淡地毫无怜惜之意，说他是个贼，死了倒干净咧。

这一天晚上，戈院长回到家里，把陈德怀死在狱中的话告知夫人，彼此微微叹息，说好好一个孩子竟如此结局，真想不到的。那时少甫恰正久病新愈在家中养病，一听这话，便直跳起来，忽地哭着说道："唉，天哪！这是我戈少甫杀死他的！教我怎么对得起他？"他父亲母亲都呆住了，忙问是怎么一回事。少甫抽抽咽咽地说道："先请父亲母亲恕了孩儿。不瞒你们说，这二年来孩儿住在院中，向不回家，每天晚上常和几个朋友在窑子里走走，花酒、扑克几乎夜夜有的。今年相与了一个姑娘，衣服首饰已报效了不少，她定要嫁我，我也答应了。但恨手头没有钱，四处张罗也张罗不到，可是赎身之费，至少要三千块钱呢！那天恰有人捐给院中三千块钱，父亲把支票交到办事室中，会计忙着算账没有收拾好，我便捉空儿偷了。我穿着洋装，随手纳在外衣袋中，正待溜出去，会计却觉得了，四处找寻，并且要搜查各人的身上。我急得甚么似的，不知怎的，陈德怀忽从我外衣袋中取了去，一会儿那支票便在他的身上搜出来，代替我被捉将官里去了。"说到这里，伏在桌上又哭。他父母呆坐着，说不出话。少甫哭了半晌，又

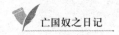
接下去说道："他入狱后，曾寄给我一封信。说父亲是他的恩人，这一回事就是他报恩之道。信中又苦劝我赶快回头，别再去嫖。这时我也大彻大悟了，因便绝了那姑娘，立誓不再踏进窑子一步。但是一年以来，我总觉转侧不安，心中十分难堪。要自己投案去代德怀坐监，又怕拖累父亲令名，因此不敢妄动。不想德怀如今害急病死了，我要报他的恩已无从报起。唉！天哪，教我怎样对得起人啊！"戈院长掉了几滴眼泪，说道："算了，你既已改过，我也不用再责备你。不过陈德怀当然是我们害死他的，须得好好儿料理他的身后，也算是表示我们一些感激之心唉。德怀毕竟是个英雄，我一向赏识他，可真是老眼无花咧。"

半个月后，他们已造了个很庄丽的坟，把德怀葬了。碑上刻着的字，是戈院长亲笔写的，叫做"呜呼小友陈德怀之墓"。大家见他这样优待一个贼，都莫名其妙，只说老头儿怪僻罢了。偶有人提起陈德怀三字时，大家仍还骂着道："他是一个贼，他是一个贼！"

汽车之怨

　　看官们，在下非别，是许多人爱慕和许多人怨恨的一件东西，名儿叫做汽车。出身本在外国，所以还有个外国名字，叫做摩托卡（Motou），又号乌土摩皮（Automobile）。我的姊妹兄弟，为数众多，直好说足迹遍于全世界。我们心爱繁华，所以专在那些繁华的去处，往来飞逐，大出风头。至于非洲的沙漠，西比利亚的荒原，我们可就裹足不去了。在下是上海几千辆汽车中的一辆，生在美国，不久就由人带到上海。论我的模样儿，十分漂亮，身穿大红袍子，霍霍地放着光彩。长得又肥瘦适中，修短合度，就是评论中外古今的美人儿，也不过这八个字，可见我长得好看了。四只橡皮脚，又软又白，和那六寸肤圆光致致的美人脚没甚分别。不过两个眼睛生得大些，但也构造得好，顾盼生姿，况且西方美人，本来以眼大为贵，我瞧上海地方也有好多饱眼睛的美人，惯向人家

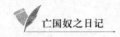

飞眼风的。不过我的声音似乎大了些,一开口总把旁人吓跑,比不得美的人儿莺声燕语,呖呖可爱,任是破口骂人,人也娓着不肯走呢。

闲话休絮,且说我既到了上海,就在一家汽车公司中住下了。一连几天,坐在大玻璃窗中,仗着我的模样儿好,不知吸到了多少中外男女,都在窗前站住了,笑嘻嘻的向我瞧,又口讲指画,瞧着我评头品足。连街头乞儿,也得对我瞧瞧,知道一辈子没有他的分儿,只索叹息而去。不上几天,我却被一个中国大腹贾瞧上了,真个一见倾心,十分中意,立时出五千两身价银子,把我买了回去。我瞧他满身俗气,雅骨全无,不免有明珠投暗之叹,但是实逼处此也,无可如何,只索同着他后堂姬妾装点他飞黄腾达的门面。可是中国人一朝得意,除了大兴土木,造大洋房以外,总有两种目的物,一种是小老婆,一种是汽车。倘是一个人有几个小老婆,几辆汽车的,就可见这人是个很得意的人物了。我那主公也是如此,他小老婆足有半打之数,但听得下人们三姨太太二姨太太五姨太太的乱叫,连我也辨认不出谁是谁,不知道那主人怎样应酬他们的。论到汽车,可怜我也居于四太太的地位,因为他先前早已买了三辆了。仗着我是个新宠，很讨欢喜，日夜总坐着我出去，但是休息时少，疲于奔命。一会儿上银行，一会儿上总会，一会儿上那家阔官的公馆，到了晚上，又得上好几家酒楼餐馆、戏院、窑子，并且到那种不明不白的地方去，累得我终夜在外，餐风饮露，又出乱子碾死人，这种生活，可也过得怨极了。

一天恰逢主公病了感冒，才得在家休息一天，恰巧我上边那三位汽车太太，也不出去，我们便开了个谈话会。一块儿谈谈说说，倒也有味，但是一谈之后，大家都是怨天恨地，没一个满意的。他们三位进了我主公的门，多的三年，少的也一年多了，据他们说，主公的那几位姨太太和公子女公子们，都喜欢自己开车，横冲直撞的，把他们开得飞跑，这几年中也不知道闹了几回乱子。男子、女子、老婆子、小孩子，已杀死了不少，好在主公有钱，杀一个人，至多花一二百块钱完了。最冤枉的要算是我们做汽车的，可是出了事，人家总说汽车害人，连新闻纸中也大书特书的"汽车肇祸"，其实害人咧，肇祸咧，何尝是我们自动，都是驾驶我们的人主动的。譬如大炮机关枪倘没有人装子药进去施放，他们也会轰死人么？然而舆论不管，往往派我们做汽车的

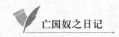

不是。还有那班汽车夫，想要讨好主人，总把我们开得飞奔，倘是载着那珠围翠绕花枝招展也似的小姐姨太太们，那就更要开得飞快，出足风头，直好似入了无人之境，人家的性命，全都不管了。出了事，总还说死者自不小心，自己把身体送到车下来碾死的，不是开车的不是，可怜死人不能开口，不能爬起来辩白，也只索受了自不小心的处分，冤冤枉枉的死定了。记得有一回那一位公子自己开车，碾死了一个穷人家的孩子。这孩子年已十二三岁，是三房合一子的，虽是生在贫家，可也名贵得很，但为了那位公子要出风头，就轻轻的牺牲了这条小性命。好一位公子，见了那臂断腿碎血肉模糊的尸体，毫不在意，口中衔着雪茄，微微一笑，接着就从身边掬出一叠钞票来，等候罚金。那孩子的家原是在近边的，顿时惊动了他三房的父母，一窝蜂的赶来，抱着那破碎的尸体，呼天抢地的痛哭，大家闹到官中，上官判罚三百块钱。公子早就预备着的，把那叠钞票一掷，返身走了。谁知那三房的父母很不识趣，竟不希罕这些钞票，苦苦的求着上官伸雪，并且愿意把六条老性命一起牺牲，自去横在街上，请那公子照样的把汽车来碾一碾，碾死了他们，免得以后不见儿子的面，一辈子受精神上的痛苦。这几句话，说得大家掉下泪珠来，这件事不知道后来怎样了结的，可真凄惨极了！唉，我们每夜停在汽车房中，似乎夜夜有冤魂到来，绕着我们的脚，啾啾哭泣，就我们身上的大红颜色，也仿佛满涂着他们的鲜血呢。

我们美国诗家谷地方，有一个贤明的长官，对于那种开快车的人，有一种特别的裁判法，他不要罚金，只把犯案的人带到验尸所中，指点那些被汽车碾死的孩子，给他们看，唤他们一礼拜后再来。这一礼拜中，他们受了良心上的裁判，夜中常常梦见自己的儿女死在汽车之下，于是一礼拜后再到官中，说以后决不敢再开快车了。不知道把这种裁判法施行在上海，可有效无效。只怕上海富人的心地太硬，见了尸体不动心，想自己儿女出门总坐汽车，一辈子不会给人家碾毙的，夜中做梦，又总梦见的饮食男女之乐，如此这一种良法美意，可也不行了。但我忝为上海几千辆汽车之一，敢代表几千辆汽车，向有汽车的富人贵人说一句话，并且替无数穷人苦人请命："诸公要出风头尽着出，但也总须顾全人家性命。自己不开车的，便劝导劝导汽车夫，随时留心一些，不要给人家瞧我们汽车是刽子手中的刀，又使

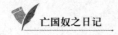

我们担怨担恨，代诸公受过咧。"

　　《新申报》的任嫩凉先生，前天做了一篇小言叫做《汽车之怨》，先前我那《半月》杂志中，原有一篇小说叫做《汽车之恩》，彼此恰恰相反，做了个对儿。任先生对于最近一件汽车案，很有发挥，深得我心，末了说这汽车之怨四字，倒又能做一篇小说。小子不揣谫陋，就大胆做了这么一篇，还须向任先生道谢，赐给我这个小说材料，鹃识。

挑夫之肩

　　黄浦滩一个码头上，有一个老挑夫傍着铁栏杆坐着，把他那件千缀百补的破棉袄翻来覆去，不住地在那里捉虱。捉到了一个，便放入口中细嚼，倒像很有滋味似的。这挑夫年已六十左右，头发白了，他把一顶破毡帽罩着，只露出乱乱的几丝，嘴上还没有胡子，但是胡根也雪白了。他忙着捉虱，几乎把他破棉袄的全部都已检到，末后索性脱了一半，露出一只黄黑的右臂来，臂上肌肉缕缕坟起，分明是很有气力的样子，但他臂膊以上肩井的上面，有使人惨不忍睹的便是血花模糊的一大块，斜阳红上他的肩头，只见半红半紫又有一半儿黑，分外地可怕。

　　这当儿五点多钟了，斜阳正照在水面，一闪一闪的，仿佛撒了许多金屑金片一般。小说家秦芝庵这几天正缺少小说材料，任他搜索枯肠，也搜不出什么材料

来。他一向相信，街头巷口便是小说材料出产之所，随时随地找得到材料的，于是带了一本手册走出门来，一路信步踱着。不知不觉踱到了黄浦滩边，恰恰踱过这老挑夫坐着捉虱的码头。他一双尖锐的眼睛，就被老挑夫右肩上那个半红半紫半黑血花模糊的一大块吸引住了，不由得立住了脚，呆看了半晌。老挑夫自管低头捉虱，并没瞧见他。秦芝庵却忍不住了，开口问道："老伯伯，你肩上可觉得痛么？"这时老挑夫恰从那乌黑的棉花中捉到了一个虱，猛听得有人问他，也来不及答话，先把这虱送进了嘴，才疾忙抬起头来，一壁嚼着那虱，一壁反问道："先生，你问我什么话？"芝庵道："我问你肩上破碎了这么一大块，可觉得痛么？"老挑夫向自己右肩上瞧了一眼，摇头微笑道："这算什么来？我仗着这两个破碎的肩胛，已吃了二十年的饭了。只要肚子不饿，心不痛，还怕肩胛痛么？"说着，索性把那破棉袄全脱了下来，露出那左肩来，也一样的半红半紫半黑，有这么血花模糊破碎的一大块。

秦芝庵不知不觉地在老挑夫身旁坐了下来，忙道："老伯伯，你快把这棉袄穿上了，这样深秋的天气，没的受了冷。"老挑夫把棉袄披在身上，不再捉虱了，慢吞吞地答道："我们这种不值钱的身体，在风露下面磨惯了，哪得受什么冷？你几曾见我们挑夫会伤风拖鼻涕的？"说得芝庵笑了，当下掏出他的金烟匣来，把一枝华盛顿牌纸烟授与老挑夫。老挑夫笑了一笑道："先生，谢谢你，我吃不惯这个，这里有旱烟管在着。"说时，从他裤带上取下一枝短短的旱烟管来，装了一管烟。芝庵忙扳开引火匣，给他点上了，一壁又问道："老伯伯，你当这挑夫有多少年了？可是少年时就做挑夫的么？"老挑夫道："我做这挑夫，大约有二十年了，那时记得是四十一二岁罢。少年的时候，我也像先生一样，读书识字，且还在小学堂中当过三年的算学教员。我父母早故，单有一妻一女，每月四五十块钱的束脩，已很够敷衍我一家的衣食住了。唉！先生，不道妒忌倾轧，随处都免不了。我这每月四五十块钱束脩的算学教员，可没有什么希罕，但我钟点比别班的算学教员少一些，出出进进似乎舒服得很，因此遭了别一班的算学教员妒忌了，鬼鬼祟祟地在校长跟前说我坏话。第二年上，钟点加多，束脩减少。我知道有人在那里倾轧我，于是一怒辞职，抛下教员不做了。"说到这里顿了一顿，抽了几口旱烟。芝庵问道："你既不做了算学教

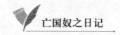

员，就当挑夫么？"老挑夫带笑容道："不做教员，就
做挑夫，这改行未免改得太快了。我出了学校后，仗着
一家有钱的亲戚出了一封介绍书，介绍到一家银行中充
任会计科副科长。谁知不上一年，又被人倾轧，把我轧
出去了。以后连换了好多职业，受了种种刺激，从没有
做得长久的。心中暗暗慨叹，想人生世上，吃饭如此艰
难，人心如此险诈，动不动就是妒忌倾轧，真使人怕极
了。商学两界，我已尝过滋味了，倒要尝尝别界的滋味
如何。到了三十八岁那年，便得了一个很好的机缘，入
了道署做起幕友来了。那道台很信任我，什么事都和我
商量，我说的话，他老人家差不多没有不依从的。和我
立于同等地位的幕友还有四五个，见我独得主座信任，
自然妒忌起来。到得我自己觉得，设法挽救时，已来不
及，毕竟被他们挤去了。我这时心灰意懒，回到家里，
简直不愿再出去做事。只是混了多年，毫无积蓄，我的
妻向来是享用惯的，除了手头有一二千块钱首饰外，也
不曾给我积什么钱。我坐吃了几个月，一瞧局面不对，
托了许多亲友，一时也谋不到事。偶然想到有一个好友
在山东办盐务，便带了些盘川投奔前去。临行对我妻
说：'此次出去，定要衣锦还乡，你耐心儿等着我。'

我妻唯唯答应，我便飘然走了。谁知到了山东，我那好友恰恰身故出缺。在客店中住了一个多月，谋不到别的事，盘川完了，只索当去了衣服，没精打采地回来。不想事有凑巧，真应了'福无双至，祸不单行'的那句老话，我妻竟席卷一空，不知跟人逃到哪里去了，连一子一女都带走了。我四下里探听，一些儿消息都没有。我这时伤心已极，暗想十多年糟糠之妻，竟这样弃我如遗，我生在世上还有什么希望？又何必做人？所有几个亲戚朋友都背地笑话我，没一个给我出力的。我这时既无家可归，身上又没有钱，哪里还有生人之趣？"

老挑夫说到这里，叹了一大口气，忍不住掉下几滴眼泪来。芝庵只望着水面上斜阳之影，说不出话来安慰他。老挑夫又接下去说道："我心中怨极恨极，便想自杀了。只是上吊两次，总见我亡故的老子娘立在跟前，不许我死，我于是不死了。又因亲戚朋友一味势利，不愿意去干求他们，就隐姓埋名，专在这一带码头上做挑夫的生活。无家无室，无牵无累，倒也安乐得很。好在穷苦之中，大家都差不多，倒没有妒忌倾轧的事了。二十年来我便自由自在地做这挑夫，每天仗着两个肩胛，赚几百个钱，恰够我装饱肚子。有钱的人，不

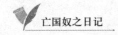

过衣食住阔绰一些，不是一样地做人么？"芝庵点头叹息道："老伯伯，我佩服你，你真是一个高人啊！但你那两个肩胛，怎么会破碎的？"老挑夫道："这两个肩胛，也已破碎好多年了。那一年夏天，挑了一副极重的重担，又走了很长的路，肩上没有衬东西，出汗太多，就被扁担擦破了。可是我天天仗着挑担吃饭的，一天不挑担，一天没饭吃，哪能养什么伤？于是越擦越碎，变成了这个样子。先前虽还觉得痛，现在倒也不大觉得了。"说时微微一笑，把手去抚摩他的双肩，又低声说道："这两个肩胛，正是我一辈子的饭粮啊！"

这时斜阳已下去了，汽笛声声，有一艘小轮船开向码头来。老挑夫忙拿了地上扁担，跳起来道："先生，对不起，我的生意来了，再会罢。"芝庵即忙握了握那老挑夫粗糙的手道："再会，老伯伯，我祝你手轻脚健，多做几年快乐的挑夫。"

对邻的小楼

发端

对邻有一宅一上一下的屋子，屋瓦零落，檐牙如墨，多分已有二三十年的寿命，和近边几宅新屋子比较，也可以算得年高德劭了。这屋子的主人，是一夫一妇，并没有儿女。他们俩倒是精明经济学的，以为夫妇二人尽可蜷蜷尾巴缩缩脚，住着这么一上一下的大屋子，未免太不经济了。于是把他们那个小楼，像陈平分肉一般，平平均均地划分为二，自己住了后半楼，把前半楼出租。至于那前半楼的面积，虽不致像豆腐干那么小，却也只够放一张床铺、一张桌子和一二把椅子了。我瞧着那半角小楼，总说这是半壁江山的小朝廷。

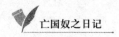

第一章　第一家住户

那朱红纸的召租贴在门口，色彩鲜明，很引起许多走路人的注目。不上十天，那对邻的小楼中，已有一户人家搬进来了。几件很简单的家具，一一从窗口上缒上去。一张铁床，靠墙放着，靠窗口一张红木漆的小桌子，已微微露出白色了。桌旁放着两把椅子，三四只凳子，中式和西式都有，分明是杂凑拢来的。壁角里一个三只脚的面盆架子，安了一个铜面盆在上面，也暗暗地没有光彩。此外便是瓶瓷罐头和脚桶马桶之类，把床下桌下全都塞满了。第二天我推开楼窗来，要瞧瞧这对邻小楼中新迁入的高邻了。留意了半天，却不见有人，只见那铁床的帐子沉沉下垂。床前有一双男鞋和一双女鞋放在那里，四只鞋子却横七竖八地放成四个地位，也可见他们临睡时的匆促咧。

午饭吃过了，自鸣钟已打了一点钟，才见那小楼中有一男一女正在忙着洗脸梳头，搽雪花粉，一会儿便各自穿了华丽的衣服，分头出去了。我瞧了他们两人的脸，觉得很厮熟，似乎曾在甚么地方见过的。想了一会，陡地有红毹氍上的两个影儿映到我眼前，才记起他们是游戏场中演新剧的男女演员。

他们毕竟是演惯戏的，平日间谑浪笑傲，差不多把舞台上演戏的一言一动，全在这小楼中搬演着。有时也有同业的男女来瞧他们，一块儿吃饭打趣，无论甚么粗恶的话，都可出口；打情骂俏的举动，也可随随便便地做出来。他们那种生活，倒也快乐自在。这样过了一个多月，他们忽然搬走了，大门上又贴了朱红纸的召租。据屋主的夫人说，他们俩原是非正式的结合，因为这几天闹了意见，彼此分手咧。

第二章　第二家住户

半个月后，那朱红纸的召租已揭去，又有第二家住户搬进来了。我每天早上起来，常见对窗有一个女学生般打扮的女子，坐在窗下挑织绒线袜。年纪约摸二十三四岁光景，一张长方形的脸，现着紫棠色，分明是在体操场上阳光之下熏炙过的。槛发齐眉，烫得卷卷的，变成波纹起伏的样子，常穿一件方领的黑半臂，四周都滚着花边。她有时不做活计，便拿了一本书，很用心似的在那里看。瞧去似是教科书，又像是旧式的小说，也无从证实是哪一样。

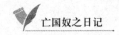

楼中的布置虽也简单，却是一式新的，比那第一家住户整齐多了。铁床上的帐子，一白如雪，配上一副亮晃晃的白铜帐钩。一面壁角里，还放着一架小衣橱，这是第一家住户所没有的。并且墙上也有画镜了，一张是爱情画片，一对西洋男女在那里接吻；一张是裸体画，一个美女子赤条条地立在河边，这也是第一家住户所没有的。

这天晚上，我便瞧见她的他了，是一个三十多岁商人模样的人，和她的女学生式不很相配。然而他们俩亲热得很，有说有笑地用过了晚饭，便同坐在床边，学那画镜中西洋男女的玩意，又唧唧哝哝地说着话，大约总是情话吧。一到九点钟，便吹熄了火，双双地钻进那一白如雪的帐子去了。

这样三个月，那半角小楼真是情爱之宫，没有甚么不快意的事。但是有一晚，他们俩却似乎口角了，她伏在床前的小桌上，抽抽咽咽地哭个不住。又过了一天，我听得窗下起了邪许之声，临窗瞧时，却见那第二家住户又搬出去了。我家的女仆张妈，是很好事的，她又从屋主夫人的口中，探得那两口儿的事。据说她确是一个女学生，因了上大洋货店买东西，忽然和一个伙友爱上

了，便非正式地结合起来，在法租界住了两个月，搬到
这里。但那伙友早有妻子，住在洞庭山故乡。不知怎样
被她知道了，赶到上海来和丈夫大起交涉，竟要打上门
来。那女学生父母都去世了，还有一个伯父在着，也反
对他们的结合。这回搬出去，恐怕要劳燕分飞了。

第三章　第三家住户

第三家住户可阔绰了，小铜床啊，红木的桌椅啊，
白漆的挂镜啊，红花细瓷的西式茶具啊。顿把这半角小
楼装点得焕然一新。一个西式少年脱去了外衣，卷高了
白衬衫上的袖子，正在喜孜孜地布置一切。估量他年纪
约在三十左右，雪白的领圈，简直连一星灰尘都没有。
一个锦缎做的领结，配上独粒小钻石领针，分外地美
丽。一头头发，全个儿向后倒梳，乌油油的好似涂着
漆。一张小白脸上，微含笑容，足见他心中的快乐咧。

他是一个人来的，并没有女子。我暗想奇了：他
租了这么半角小楼，布置得很阔绰，难道给他一个人舒
服的么？更奇怪的，一连两夜楼中没有灯火，那少年分
明不宿在这里，另有宿处。到得第三天晚上，忽见楼中
灯火通明，他同着一个穿绿斗篷的美女子到来，一阵阵

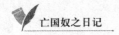

浪笑之声，随风送来。又眼见得一时灯光撩乱，不知道他们在那里忙甚么事。第二天日上三竿的当儿，才见那少年起床了，接着那铜床中又钻出一个云鬓蓬松的女子来，正是昨晚那个穿绿斗篷的美女子。

那少年很乖觉，知道有人窥探他的秘密了，便在窗上遮了一个窗帘。从此以后，除了听得楼心浪笑声外，再也瞧不见甚么新鲜的玩意。不过有时仍能在帘角瞧见钗光钿影，霍霍地闪动，又似乎不止一人，随时在那里变换的。

两个月后，这小楼中却又空了。只有六扇玻璃窗，在日光中弄影，似乎满含着寂寞无聊的神情。

第四章　第四家住户

张妈在露台上大惊小怪地嚷起来道："看新娘子！看新娘子！"我正在静坐，倒给她吃了一吓，一壁也就抬起我那双好奇的眼睛来，向对邻的小楼中望去。果然见那前二天迁入的住户，今天已把这半角小楼布置成一个洞房模样了。一个宁波式大床，挂了花洋布帐子，铜帐钩上垂着红缨络，床前的半桌上，放着两瓶红红绿绿的瓶花。又有两枝龙凤烛，插在一对寿字锡烛台上，已点明了。壁上有一幅麒麟送子图，两面配上红蜡笺的房对。就我这双近视眼瞧去，只认出笔画最多的"鸳鸯蝴蝶"四个字，别的字便瞧不出了。

那时楼中共有四五个女客，中间一个穿着粉红缎袄子的，据说是新娘。脸上涂了一脸子的粉，嘴唇上的胭脂也点得红红的，头上插一朵红绒花，微微颤动。我瞧这新娘和那几位女客们的脸，知道都是黄浦江那一面的人，到得她们一开口，我的猜想果然证实了。我瞧了新娘，更想见见新郎。不多一会，果然见一个黑苍苍的男子满面春风地进房来，一壁嚷着道："请下楼用酒去！请下楼用酒去！"于是新娘啊，新郎啊，女客们啊，都鱼贯下楼去了。楼中只有一对龙凤烛，还一晃一晃地放着快乐之光。

据张妈说，那新郎是在一家工厂中办事的，挣钱不多。所以这次结婚，一切节省，总算敷衍成礼就算了。第二天清早六点钟，新郎已抛了鸳鸯之梦，匆匆地上工厂去。八点钟时，新娘也起床梳洗咧。

他们也不知道甚么蜜月不蜜月，新婚燕尔中，新郎照常上工厂去，新娘也换了旧衣服，忙着操作了。

他们迁入以来，还不上半月。他们的结合，和以上

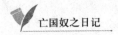

三个住户不同，也许能住得久长些么。精明经济学的屋主人，可以省些朱红纸，不致时时贴召租了。

结论

前后不上一年，这对邻的小楼中，已好似经了四度沧桑。那四家住户，有四种情形，过四种生活。以上所记，不过是旁观者所见的概略。若是由四个当局者自己琐琐屑屑地记起来，怕非一二十万字不行。单是这半角小楼，已有如此的变迁，像这样的复杂，无怪一国之大，一世界之大，更复杂得不可究诘，更变迁得不可捉摸了。

我的爸爸呢

　　大将军打了胜仗，奏着凯歌回来了。他身穿灿烂的军服，胸口满缀无数的勋章宝星，霍霍地放着光。他骑着一匹高头骏马，缓缓地在大道中前去，气概轩昂，面上微带笑容。一路军乐悠扬，旌旗飞舞，都似乎表扬大将军的战功。

　　大将军马后，跟着一千多兵士，面无人色，很疲乏似的在那里走。他们都是百战余生，从二三万战死和覆没的大军中遗留下来的。大将军胸前的勋章宝星，正是无数战士之血的结晶品。

　　沿路虽有千千万万的人，欢迎大将军凯旋。然而绝少欢欣鼓舞的气象，内中有好多男女老幼，正向着这一千多侥幸生还的兵士中，寻他们的亲骨肉。有的是父母寻儿子，有的是妻子寻丈夫，有的是兄寻弟，弟寻兄，又有一般小儿女牵着他们母亲的衣，满地里寻爸爸

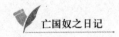

的。有的寻到了，便快乐得像发狂似的扑将上去，有寻不到的，便很失望的倒在路旁哭了。因此大将军的凯歌声中，却搀杂着一派愁惨之气。

那时有一个衣衫破烂十一二岁的孩子，也扶着他一个白须白发的瞎眼老祖父到来。他先把老祖父安顿在一家小茶馆门前，自己便在那一千多个兵士的队中像穿梭般穿来穿去，似乎找寻甚么人。他的身体饿得很瘦小，虽是穿来穿去，还不致乱他们的队伍。但因心中慌乱得很，时时撞在兵士们身上，捱了好多次的打骂。

他寻了好久，分明已失望了。两个红红的眼眶子里，满含着眼泪，呆望着那些兵士们一排排过去，很凄惶的嚷着道："我的爸爸呢？我的爸爸呢？"

他瞧正了一个面色和善些的排长，便走上去放胆问道："我的爸爸呢？"那排长不理会他，拿着指挥刀，自管向前走去。

他不肯失望，又在队伍中穿了一会，差不多把那一千多人的面庞，全都瞧清楚了，然而终不见他的爸爸。于是他又放胆拉住了一个擎旌的兵士，悲声问道："我的爸爸呢？"那兵士也不理会他，把手一摔，将他摔倒在地。

他从地上爬起来，满面的泪痕，沾着泥，涂抹了一脸，好像变做了鬼一般。但他并不觉得，仍还拉着那些兵士，不住口的问道："我的爸爸呢？我的爸爸呢？"兵士们也有不理会他的，也有和他打趣的，终于问不出他爸爸的所在。

末后他的小心窝中霍地一亮，以为大将军是一军之长，一定知道他的爸爸了。当下便从后面飞奔前去，直到大将军的马旁，抬着那张泥污的脸，悲切切的放声问道："我的爸爸呢？我的爸爸呢？"这当儿大将军正在左顾右盼，留意瞧那两面楼窗中的俊俏女子，微微的笑着，那里顾到这马下哀号的苦小子。

他见大将军不理会，以为是没有瞧见他，因便绕到马前，拉住那马脖子下的一串铜铃，提高了嗓子问道："我的爸爸呢？我的爸爸呢？"这时大将军正瞧见了一个极俊俏的女子，飞过眼去，饱餐秀色。却不道被这苦小子岔断了，于是心中大怒，把缰绳斗的一拎，那马直跳起来，可怜把这孩子踏在铁蹄之下，口中却还无力的嚷着道："我的爸爸呢……"

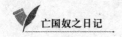

　　路旁的人惊呼起来，忙把那孩子从马蹄下拉出，去交给他那小茶馆前等着的瞎眼老祖父。可怜可怜，他早已死了，但他那张泥污的脸上，却微含笑容，似乎已寻到他的爸爸咧。

照相馆前的疯人

淡妆浓抹总相宜的西子湖，年年总是最先占到春光。满湖上新碧的杨柳，被柔媚的春风梳着，一树树上下荡漾，瞧去好像是一堆堆的碧浪。孤山上的梅花落了，余香犹在，让林和靖和冯小青多多领略。而山坳水溢，已时时见桃花的笑靥了。各处山坡上杜鹃花烂烂熳熳，映得满山都红，仿佛给湖上诸山都披上了一件红罗衫子。加上那春山如笑，春水如鞲，便使这尤物移人的西子湖，更见得秀色可餐。好美丽的西子湖啊，你简直是躺在春之神玉软香温的怀中了！

这一年似乎在阳春三月中罢，我们局局促促地在这十里洋场中，天天过着文字劳工的生活，委实苦闷极了。如今一受了春风嘘拂，这颗心便勃勃而动，勾起了无限游兴。而西子湖的水光山色，又偏生逗引得我心中痒痒的，于是招邀游侣，同到湖上看春光去了。

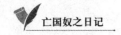

　　一连三天，饱游了湖上诸胜。往灵隐看飞来峰，上韬光望海，玉泉观鱼，龙井试茗，扶筇过九溪十八涧，顿把一年来的尘襟，洗涤得干干净净。这一晚在旅馆中用过了晚餐，便同着小蝶、红蕉，上街闲逛去。手中还带着那根紫竹的手杖，在路上拖得嚓嚓地响，模样儿都消得很闲。小蝶爱看旧书，我也有同好，沿路瞧见旧书店，总得小作勾留。我们便在新市场一家旧书店中，勾留了半点多钟，把插架几百卷旧书的标签，差不多一起过目了。小蝶买了一部镇海姚梅伯氏的《花影词》，我也买了海盐词客黄韵珊氏所选的一部《国朝续词综》。出得店门，一路上翻着低哦着，甚么"菩萨蛮"啊，"蝶恋花"啊，"巫山一段云"啊，大半芬芳恻艳，都是些销魂蚀骨之词。我正在看得起劲，猛听得近旁有人嚷着道："一个疯人！一个疯人！"我抬头一看，只见一家照相馆前聚了好多人，也不知哪一个是疯人。

　　当下我好奇心切，定要看他一个究竟，于是把那部《国朝续词综》挟在胁下，排开了人丛，步步揳进。却见那照相馆的玻璃大窗前，站着一个五十多岁的汉子，正对那窗中陈列的相片破口大骂。我弯下腰去偷偷一瞧，见他一张黑苍苍的脸，带着一派英武之气，虬髯

戟张，露出血红的两片厚嘴唇，倒很有些像古画中的武
士模样。那一头蓬乱的头发，却已白多黑少了。更瞧他
身上，穿一身似是蓝宁绸团龙花样的夹袍，只是肮脏不
堪，有几处早已破碎，连那团龙都飞去了。上身还穿一
件枣红宁绸的半臂，也已敝旧，襟上挂着一串多宝串，
叮叮当当的不知是玉是石，又似乎有几个古钱在内。脚
下穿的甚么，却瞧不见，多分是一双通风的破靴子罢。

　　我瞧见了这样一个人物，顿觉得津津有味起来，一
壁端详着，一壁便仔细听他说些甚么。只见他骈着两个
指头，对那玻璃窗中央镜架中一位峨冠佩剑的大将军，
指了一下，操着一口京腔骂道："忘八羔子，你今天算
得意了么？瞧你这副嘴脸，也没有甚么特别之处。一个
扁鼻子，瞧了就叫人呕气！像咱老子这样虎头燕颔，可
就比你像样得多咧。你在十年以前，又是甚么东西，不
是和弟兄们一样地躲在一旁嚼油炸脍大饼吃么？任是给
咱老子当马弁，老子也不要。只是你会拍马，会杀人，
才得扶摇直上，平步青云，居然做起大将军来了。哼
哼，瞧你的胸口，倒也花花绿绿地挂满了勋章，倒像真
的给国家立了甚么大功似的。但老子要问你：你的功在
哪里？你可曾出征海外，御过强寇么？你可曾为国家雪

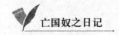

耻，夺回过尺寸的失地来么？唉！一些都没有，一些都
没有！你们的能耐，不过是自己人杀自己人罢了。咱老
子只为不愿意和你们同流合污，才丢了官不做来做我的
平民，不然，今天不也是峨冠佩剑，像你一样地把这副
嘴脸骄人么？算了，你要是不能为国争光，那老子一辈
子瞧你不起，任是杀了老子的头，老子也要骂你。"他
骂到这里，略顿一顿，吐去了一大口的唾沫，接着又指
那旁边镜架中一个穿大礼服戴大礼帽满挂勋章的肖像，
脱口骂道："你这兔崽子，居然也得了意了！平日间奔
走权贵之门，朝三暮四，搬弄是非，真是连姜妇都不
如。我们中华民国糟到这般田地，一大半就是你们这班
政客弄成的。哈，畜生！你拍马拍上了哪一个，今天也
做起大官来了。像你这一类人，通国不知有多少！老子
可要去请一柄上方剑，把你们这班兔崽子一一砍了，免
得害了百姓。"说着，把双手做出拔剑砍头的手势来，
又向那两个镜架中恶狠狠地瞅了半晌，方始踱将开去。
踱到另一面的玻璃大窗前，负着手，站住了。这窗中大
大小小都是些妇女的照片，美的丑的，长的矮的，胖的
瘦的，活像一个妇女陈列所。他忽又对着窗中顿足骂
道："咄！天杀的妇人！该死的妇人！滚开去，滚开

去！你们瞧不上咱老子，咱老子也不要你们！"说完，忙不迭回过身去，三脚两步跑出人丛，一会儿已跑远了。那些照相馆前聚着看热闹的人，也就说着笑着，渐渐散去。我耳中只听得"疯人疯人"的声音，知道大家都公认他为疯人。但我听了他那番话，却好像看《红楼梦》看到焦大怒骂一节，兀自觉得痛快，认定那人并不疯，实在是个伤心人啊。

我找小蝶、红蕉时，却已不见，料知他们早已回旅馆去了。正待走开，却见照相店里一位老者，正在和伙计们议论那个疯人。我便走进去挑买几张西湖上的风景照片，作为进身之阶。当下搭讪着问那老者道："老先生，敢问刚才那个疯人，毕竟是甚么人？"那老者答道："这人是个北边人，流落江南已好多年了。听说他先前做过高级军官，精通兵法，曾立过战功。一天不知受了甚么感触，忽把官丢了，解甲还乡，困守了多年，一事不干。他家中有一妻一妾，过不惯清苦的日子，都悄悄地离了他，别寻门路去了。他到这里来时，就是这样疯疯癫癫的，动不动在街上骂人。但因并没有动武伤人等事，警察也不便干涉他。他独往独来，倒也自由自在，此人真有些古怪呢。"我道："然而他每天总不能

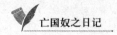

不吃的，他又仗着甚么吃饭啊？"那老者道："听说他还有一个老仆，甚是忠心，在这里衙门中当差，天天送饭去给他吃的。"我既知道了这些来历，也不便多问，便谢了那老者，走出照相馆来，信步向湖滨踱去。

这夜正是三五月明之夜，湖上月色很好。雷峰塔笼着清辉，仿佛老僧入定，当得一个静字。那时听得一声清磬，从水面上送来，直打到我心坎中，我便想起那照相馆前的疯人。在湖滨立了一会，见众山如睡，也不由得要想睡了，于是离了湖滨，踱向旅馆。忽听得沿湖一带黑暗中，有人朗朗地唱起戏调来。一听是伍子胥过昭关一折，唱得沉郁苍凉，泪随声下。唱完之后，忽又接上一声长笑，笑得人毛发俱戴。我暗暗点头，心想这一定又是那照相馆前的疯人了。

西市孳尸记

西市者，犹俗称洋场之谓也。夫以纷华缛丽之洋场，而忽有伏尸流血之惨事。寡妇孤儿，哭声动地，谁实为之，乃至于此？吾草斯篇，吾心滋痛已。

最后的一抹斜阳，下去已半点多钟了。天空中黑魆魆地，似乎遮上了一重黑幕。壁上的一架挂钟，镗镗的报了七下，屋中所有电灯都霍地旋明了。那黄金色的灯光，从玻璃窗中透送出来，似乎含着无限乐意。客堂中一盏璎珞四垂的电灯下，写出两个人影。一个是二十一二岁的少妇，一个是五十左右的中年妇人。

那中年妇人望了望壁上的挂钟，说道："此刻已七点多了，松儿怎么还不回来？这十天来，他不是每天六点钟就回家么？"少妇道："是的，他今天也许店中有事，所以回来得迟了；但我们可唤王妈先端上饭菜来，等着他，谅来他一会儿也就来咧。但婆婆肚子饿了，请

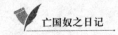

先吃罢。"说着走到屏门旁，莺声呖呖的唤道："王妈，你先把饭菜端上来，给太太盛一碗饭。"那中年妇人做着很慈祥的笑脸说道："新奶奶，你也尽可先吃，不用等他，他万一在外面吃了回来，可不是白等么？"少妇摇头道："不，我不饿，多等一会不打紧。"

这当儿那花白头发的老王妈，已端了一盘热气腾腾的饭菜，到客堂中来，直到那八仙桌旁。少妇即忙站起身来，助着老王妈把盘中四样菜端在桌上，含笑说道："今天这四样菜，冬瓜火腿汤，黄瓜炒虾，咸蛋炖肉，卷心菜，都是他爱吃的。今晚回来，又得多吃一碗饭了。"说时，从一个小抽斗中，取出一双银镶象牙箸来，抹了又抹安放在空座前面，又放了一只银匙，心中一壁很恳切的等伊丈夫回来。可是伊们新婚以来，不过半月，正在甜蜜蜜的蜜月之中。一块儿用晚餐，原是一件极寻常的事，只为新婚燕尔，倒也瞧作日常的一种幸福。况且丈夫在早上九点钟出去，午饭是在店中吃的，到此时已足足有十一个钟头没见面。等他回来时同用晚餐，载言载笑，觉得分外的有味。

老王妈又端上一碗饭来，说道："太太先吃罢。"中年妇人道："松儿就得回来，我也不妨等一会。"少妇忙道："婆婆请先吃，吃着等也是一样。"伊婆婆一壁吃饭，一壁笑说道："新奶奶，你过门不过半个月，怎么已知道松儿的口味了？"伊也带笑答道："这是他前晚对我说的。一年四季他所爱吃的菜，我大概都有些知道了。"一面这样说，一面望着钟，估量伊丈夫此时总已在路上，正催着那黄包车夫拉得快，不一会可就叩门咧。

正在这时，猛听得一阵叩门之声，来势甚是急促。伊心中一喜，亲自赶出去开。门开处，却气急败坏的撞进一个人来，没口子的嚷道："不——不好了，不——不好了！你们柴先生被人打死了。"伊立在一旁，暗暗好笑，想那里来的冒失鬼，喝醉了酒，好端端赶来咒人。此时那老太太却已认明来人正是伊儿子商店中的一个伙计，便立时放下饭碗，赤紧的问道："你怎么说，可是我儿子身上出了甚么岔子么？"那伙计喘息着答道："是啊，柴先生死了，是被人打死的。还是三点多钟死的。我们先还不知道。只听得市上闹了个很大的乱子，说甚么外国巡捕放枪，死伤好几个学生罢了。柴先生是三点钟出去接洽一笔进货的，谁知等到六点钟，还不见他回来，心知凶多吉少，怕也死于非命。店中便派

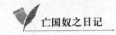

我出去一打听。据说死的都已送往验尸场去了，我再赶往验尸场一瞧，果然见几具死尸，柴先生也在其内。"老太太听到这里，放声哭了；伊也惨叫了一声，斗的晕倒在地。可怜那牙箸银匙，还空陈在桌子上，而他所爱吃的咸蛋炖肉、冬瓜火腿汤，已渐渐的冷了。

晓风残月，伴着这新婚半月的小寡妇，披麻戴孝，凄凄惶惶的赶到验尸场去。那昨晚报信的伙计自也陪伴伊同去。经过了一番请求的手续，许伊领尸回去。可怜伊昨夜已痛哭了一夜，眼泪早哭干了。此时眼瞧着那血渍模糊、口眼未闭的丈夫，只是一声声的干号。伊唤着他的名字，摩挲着他冰冷的面颊，又不住的问道："为甚么要杀死他，他有甚么罪？"然而验尸场中只陈着死人，四下里鸦雀无声，无人作答。

那伙计很会张罗，不肯怠慢了死后的掌柜先生，出重价租了一辆轿式汽车来，载着那尸体回去。伊坐在车中，抚着这亲爱的丈夫，还是一声声的干号着。他那脑府中，像影戏般映出一个印像来。那天是在半月以前，他们在大旅馆中行过了结婚礼，同坐着那花团锦簇的汽车回家去，不是也像这么一辆汽车么？伊捧着一个花球，低鬟坐着，鼻子里闻着一阵阵的花香，沁入心坎，正和伊的心一样甜美。车轮辘辘地碾动，似乎带着无限的幸福，随伊同去。伊在绿云鬓下，斜过星眼去偷瞧他时，见他正目不转睛的对伊瞧着，真个春风满面，快意极了。接着又觉得他伸过手来，握住伊的纤手，又凑近耳边来，柔声问道："你辛苦了一天，可觉得乏么？"伊娇羞不胜的，回不出话，只微微摇了摇头。伊想到这里，吃吃地笑了。便又斜过星眼去，偷瞧伊身旁的新郎，却见已变做了一具血渍模糊的尸体，张着口眼，甚是可怕。伊狂叫一声，扑倒在尸体上，又放声问道："为甚么要杀死他，他有甚么罪？"然而市街中车马奔腾，无人作答。

穗帐高悬，陈尸在室。尸身上袍褂鞋帽，都已穿着好了。早哭坏了个慈祥的老母，只对着伊爱子之尸作无声之泣。那半个月的新妇，也早已哭得死去活来，疯疯癫癫的伏在尸身上，不肯离开。还凑近了那灰白的死脸，嘶声问道："你出去了，早些儿回来，我们等着你吃夜饭的。你想吃甚么菜，咸蛋炖肉、冬瓜火腿汤，好么？"伊见他默然不答，才知他已死，便又放声哭了，一壁哭一壁问道："为甚么要杀死他，他有甚么罪？"然而只听得鼓吹手的鼓吹声，赞礼人的赞礼声，闹成一

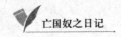
片，终于无人作答。

一阵鼓吹声中，棺木已来了，庭心里堆着草纸石灰，已有一行人忙着料理入殓的事。伊一见了那棺木，呆了一呆，忽又嚷起来道："怎么怎么，你们可要抢我的松哥去么？这是我死也不答应的。"因便抱住了那尸身死不放，入殓的时刻已到，一般亲友都来扯开了伊，入到内室中去。十多人拥住了，不给伊出去。伊听着那丁丁钉棺之声，铁钉子好似打在伊心坎上，直把伊的心打碎了。伊顿着脚，握拳打着墙壁，声嘶力竭的呼道："为甚么要杀死他，他有甚么罪？"然而丁丁钉棺声中，夹着老母呜呜的哭声，终于无人作答。

可怜这半个月的新妇，从此担着绵绵长恨，一辈子消磨过去，更不幸的伊已变做了一个疯妇，镇日价歌哭无端，唬笑杂糅，完全在无意识中过着生活。而伊所念念不忘的，便是那半个月的新婚艳福，深刻在心版上，最容易唤起伊的回忆来。伊兀自像学生温理旧课般，一一从头温理着，有时独坐绿窗之下，便一个人做着两人的口吻，娓娓情话，或是谈些家常琐事，倒像伊那亲爱的丈夫仍在身旁一样。每天也像先前那么，唤丈夫点菜，把他平日所爱吃的菜去报与婆婆知道。一到晚上客堂中电烛通明，伊就又在空座前安放着牙箸银匙，等丈夫回来同吃。往往一个人言笑晏晏，非常高兴，只惹得伊婆婆不时的伤心落泪罢了。有时伊神志清明了些，见了伊丈夫的灵位，便恍然大悟。伊知道那亲爱的丈夫早已饮弹而死了，于是伏倒在灵案之下，哭着嚷着道："为甚么要杀死他，他有甚么罪？"然而死的早已死了，活着的人管不得许多，终于无人作答。

伊积恨为山，挥泪成海，过了三个月哀鹣寡鹄的光阴，竟郁郁地死了。临死时，伊握着双拳，撑着两个干枯的眼睛，怒视着天半，放声呼道："为甚么要杀死他，他有甚么罪？"然而上帝无言，昊天不语，又终于无人作答。

烛影摇红

　　W城自被围以来，已半个多月了。城中的守兵，都是些幽并健儿，由N军中一个愚忠耿耿的老将统率着，死守这落日孤城，兀自不肯投降。虽有一般人眼见得城已危在旦夕，终于不能守了，劝他掩旗息鼓，好好地降了S军，一方面既保全了残军的性命，一方面也使枪林弹雨中的苦百姓得了救，岂不是两全其美。他们还愿意多多的贡献些金银玉帛，做那和平解决的代价咧。但那老将却执迷不悟，斩钉截铁的，一定不肯屈服下来。他说老夫奉主帅之命，死守着这座危城，城存俱存，城亡俱亡，万万不愿做降将军。谁敢逼我的，只要他有本领，请取了我这脑袋去，不然便教他看看我的宝刀。说客们经不得这一吓，一个个都吓退了。于是他老人家整理了他那百战余生的一万残兵，将几个城门牢牢守住，城墙上也团团守着兵士，备着炸弹，架着机关枪，把这W城守得像铁桶相似。

S军都是血气方刚的青年，本抱着"直捣黄龙与诸君痛饮"之志，如今见N军深沟高垒，顽抗不降，可就着恼起来。仗着他们新占据了邻近一座H城，有居高临下之势，便尽着把大炮轰将过来，日夜连珠似的轰轰不绝。一面又派了飞机，像苍鹰般在半空里盘旋，随时掷一个炸弹下来。可是炮弹和炸弹没有眼睛，N军并没受多大损失，偏又苦了许多小百姓。有的轰死了爸爸，有的炸伤了妈妈，有的吓疯了弟弟妹妹，弄得骨肉飘零，家庭离散。有的把住着的屋子给轰成了一片白地，累累如丧家之狗，无家可归，真的是可怜极了。

P门内一条L街，是炮火最烈的所在。街上的商店和住宅，差不多已轰去了十之五六，到处颓井断垣，伤心触目。在那瓦砾堆中，还可以看见一条腿，一条臂，或一个烂额焦头，露出在外。原来他们来不及逃出，被炮火连带轰死在内的。便是大街之上，也随处陈着残缺不全的尸体，血肉模糊，十分可怕。只为无人掩埋，天天日晒雨淋，发着恶臭。那些猫狗也不幸生在乱世，再没有鱼屑肉骨可吃，饿得没做理会处，可就不得不吃这些不新鲜的人肉了。那时L街上一条巷中，有一家大户人

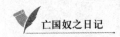

家，叫做黄大户。他们是啬刻传家，好几代代代如此，所以拥了一百多万的家产，竟不大在外流通，只是积谷满仓，积金满箧，都保守在家门以内。那位主人翁黄守成，确是个十足的守成之子，遵奉先人遗训，整日价躺在家里抽鸦片，看守家产。此外就舍不得再有花费，任是早上吃一碗大肉面，也得打着算盘算一算的。这一次战事起时，有几家亲戚都迁移到别处去了。当初也劝他们早自为计，叵耐黄守成啬刻性成，生怕迁移时又要花费好一笔钱。而这么一所偌大住宅，无论一砖一瓦，都很爱惜，也是万万抛撇不下的。加着他平日这对于N军甚是信仰，以为旗开得胜，马到成功，料不到会一败涂地，使这W城陷于被围的地位。

就这么一二夜的工夫，N军被S军冲破了阵线，竟翻山倒海似的退下来，一径退入城中。仗着W城四面都是高高的城墙，即忙把各城户一齐关住，架了枪炮，总算把S军挡在城外。另有一部分N军，却折损了无数军马，仓仓皇皇的退向北方去了。黄守成这时要逃已逃不得，只索像L将军一样的死守。好在他家屋子大，围墙高，门户又坚固，只须炮火不来光临，此外强盗溃兵，都可不怕。于是外边的风声虽急，谣言虽大，而他却好似被铜墙铁壁保护着，自管抽着鸦片，过他烟霞中的生活。

S军见N军死守着一座W城，困兽犹斗，大有坚持到底的样子，他们恨极了，决计要攻破了W城，来一个瓮中捉鳖。当下召集了敢死队，演讲一番，便分成几组，开始总攻击了。那天半夜子时，敢死队分做了好几十班，每班由二人抬了一乘梯子，八人掩护着，每人都执着一枝驳壳枪和一颗手榴弹，都向着城墙拼命前进，直到城下。但他们一路前去，城上守兵没命的把机关枪向下面扫射，牺牲了不少的人。但是死的死了，活的早又继续上去，毕竟有好多架梯子直竖的竖在墙上。那些不怕死的军官军士，都争先恐后的向上爬去，那城上的守兵，不敢怠慢，便乱掷炸弹乱开机关枪抵敌。一时弹雨横飞，硝烟四布，可怜那些一身是胆的健儿，有的没爬上梯子先就倒地而死，有的爬上了一二级就跌下来，有的爬到了中间，蓦地中了弹，尸体便悬搁在梯格的中间。每一乘梯子下边，总得积着无数尸体，一堆堆全是模糊的血肉。而后来的人，仍还勇气百倍的踏着尸体爬上去，然而能爬到梯顶的，却不过五六人。这五六人又因墙高梯短，不能爬上城墙。内中有一二人仗着好身手，竟爬上墙了，便用手榴弹和驳壳枪击死近身的敌

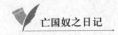

兵，但因后方没有人接踵而上，终于吃了敌弹跌下城墙去了。最壮烈的是一个营长，他奋勇先登，竟达到了梯子的顶上，口中只喊了一声"S军万岁"，而墙上一弹飞来，恰中了他的要害。这时他身上已受了好几处伤，还是攀住着墙死不放，军士们见不能接近梯子，便一个个叠肩而上。谁知那无情的炸弹和机关机纷纷乱放，一行人都靠着梯子跌下去了，这一下子死伤了S军好几百人，血儿几乎染红了W城半堵城墙。

S军见爬城无效，便又利用飞机抛掷炸弹，又在H城中开大炮轰将过来，毁了无数屋子。全城时时起火，有一带热闹市场，几乎烧去了一半。数百年辛苦造成的大都会，很容易的随时破坏。受那炮火的洗礼，黄守成所住的L街，也已葬送了半条。所幸他的私产M巷，却还没有殃及。M巷中本有十一二户人家，除迁往别处去的以外，还剩有五六户，都因听信了房主黄守成不打紧的话，因此蹉跎下来。如今处在这水深火热的境界中，急得甚么似的，不免要抱怨黄守成，都为他爱了房钱，才使他们如此捱苦。到得炮火最烈的当儿，便索性寻到黄氏门上来，要求守成保护他们。黄守成也因家里人口不多，而屋子很大，在这乱离时代，便觉得冷清清阴惨惨的，一到晚上，常听得鬼哭。如今落得慷慨，让那些房客们进来同住，好热闹些儿。不过他有一个条件，凡是进来的，都须自备铺程伙食，到得食粮尽时，再行设法。大家一致赞同，那五六户房客当日便把值钱的东西以及铺程伙食，都搬到黄家来，只剩下些粗笨木器，就请铁将军把门。

黄守成的屋子，前后三进，共有好几十间房间。那五六户房客一起有二十多人，住了几个房间，还是绰绰有余。黄守成自受了这回战祸的打击，脾气倒改好了不少，平日间他除了以一灯一枪一榻作伴外，亲戚朋友，差不多不大见面的，如今倒和那些房客们很合得来，一块儿谋安全的方法。他们把外面两扇大门和后门边门都堵塞住了，门上贴了迁移的字条，又警戒全屋子的人少做声音，小孩子更不许哭泣，务必装得像没有人居住的样子。火灶暂时不用，改用炭炉，以免烟囱中炊烟外冒，被人觑见。无论上下人等，绝对的禁止出外，窗上全糊了纸，不能外望。至于粮食一项，合在一起筹算，尽可支持半月。这么一来，他们倒也像那L将军一样的死守孤城了。

每天晚上，大家都聚在大厅中，闲谈解闷。电气

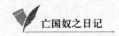

早断了，只点着一枝蜡烛，烛影摇红，照在他们憔悴的
脸上，都现着一派忧虑恐怖之色。惟有那些未经忧患不
知愁的小孩子们，还在憨嬉笑跃，听了那砰砰訇訇的枪
炮之声，只当作新年的爆竹声咧。黄守成心中忧急而表
面上安闲，他还是躺在红木杨妃榻上抽着鸦片，想起家
里盈千累万的珍宝钱钞，不曾带得一丝一毫出去，虽然
这所在目下前后堵塞，装做空屋样子，不致有甚么强盗
式乱兵前来打劫。但那S军的大炮弹万一轰将过来，那
就免不了玉石俱焚，连一家性命都不保咧。但他虽是这
么忧急着，而一面仍闲闲的安慰家中妻小和房客们道：
"你们不要着慌，我们守在这里是很安全的，只指望半
个月后，兵事解决，城门一开，那我们仍可过太平日子
了。"大家听了，以为大财主的话总不错的，面上便略
有喜色，而那些妇女们都南无着手，不约而同的连念阿
弥陀佛。

S军见N军既不肯投降，商人等奔走说项，希望和
平解决，也仍是不得要领。虽常派飞机到来抛掷炸弹，
而N军中有高射炮，也很厉害，有时倒反损失了自己飞
机。大炮的力量，也不过轰去几间民房，引得城中有几
处起火，此外没有多大的效力。没奈何便用封锁江面的

方法，禁止船只往来，断绝城中一切食粮的接济。这一着可就凶了，W城中有二十万人民，全都起了恐慌。先还把白米当做粒粒珍珠似的，不敢煮饭，只煮些粥儿吃吃。末后这珍珠完了，连粥也没得吃。还有那些城墙上死守的饿兵，瘪着肚子不能打仗，不得不取给于民间。于是民间更痛苦了，凡是可以装饱肚子的东西，罗掘一空，全城猫狗都做了牺牲品，鸡鸭早已绝种，连鼠子也不大看见了。草根树皮，都变做了席上之珍，只差得没有吃人罢了。可怜全城的饿人，都饿得面皮黄瘦，眼睛血红。有捱不下饿的，先就在刀上、绳上、河里、井里寻了死路。不肯寻死的，也终于饿死，每天总要饿死好几百人，街头巷口都有些人跌倒在那里，这真一个人间的活地狱啊。

　　黄守成以为再守半个月，总可以解决这回战祸了。谁知半个月一瞥眼过去，依然如故。L将军捱着饿，还在那里死守，说我有一口气存在，定要厮守到底的。可是黄守成的食粮已断绝了，那些房客们的伙食，不过支持得四五天，这十天来全是吃黄守成的。黄守成虽然肉痛，也无可如何，到此眼见得大家要捱饿了，家中虽有盈箱的珠钻宝石，无数的金银钱钞，竟不能当作粥饭

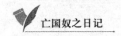

吃，装饱他们的肚子。没奈何只得派一个下人揣了二百块钱，悄悄地由边门中出去，上街去买米买菜。谁知踏遍了个W城，却一些都买不到，仍是原封不动的带了二百块钱回来。这一下子可把黄守成他们急死了，眼看着珠钻宝石，金银钱钞，只索生生的饿死。

夜夜烛影摇红，照着这一片愁惨之境。他们已五天未进粒米了，只借着水充饥。小孩子们饿得哭也哭不出来，倒在地上呻吟。有一家房客的八十岁老太太，捱不过去，只余奄奄一息。这一夜连蜡烛也剩了最后的一枝了，明夜不知如何过去。内中有几家已怀了死志，预备过这最后的一夜，一等到天明时，便与世长辞了。这夜全屋子的人，一起都聚在大厅中，守着那枝最后的蜡烛，看他一分分短将下去。那时除了呻吟和愁叹声外，谁也说不出一句话。夜半过后，烛已短了一半，黄守成抱着他两个呻吟不绝的儿子，呜咽着说道："想不到我黄守成，拥着百万家产，今天竟一家饿死在这里。唉，我深悔平日间抹掉了良心，积下这许多不义之财，临死时，还得向上天忏悔一番，求他老人家格外超豁，不要把我打倒十八层地狱里去。"那些房客们听了黄守成忏悔的话，都不由得心动，各自想起生平的罪孽来。当下有一个姓徐的房客长叹了一声道："唉，早知有今日的一天，我又何必夺人之爱呢。我的妻在未嫁我时，本来爱着一位很有希望的书生，两下里已有了白头之约。我因见伊貌美，仗着和伊家是多年邻居，便劫持着伊的父母，硬把伊娶了，累得那书生远走高飞，心碎肠断而去。而我妻嫁了我，也兀自郁郁不乐，那花朵似的娇脸，早一年年的憔悴下来。唉，我可葬送了伊的一生咧。"他这样说着，壁角里一个妇人，背着烛影，嘤嘤地啜泣起来。当下又有一位姓洪的老者也眼泪梗塞了喉管，接口说道："徐先生，你说起了这婚姻的事，我也抱疚于心，一辈子不能忘怀。我大女儿阿雪，伊原是个绝顶聪明的女子，由中学毕业后，有一个女同学的哥子求婚于伊，伊也爱上他了。临了儿来要求我答应伊们俩的婚姻，我因女孩儿家擅作主张，私定终身，不由得大发雷霆，绝对不答应伊的要求。伊羞愤已极，整整痛哭了一日一夜，第二天竟投缳而死。至今想来，我那阿雪死后突眼吐舌的惨状，还历历如在目前。我犯了这样的罪恶，活该今天捱受这种死不得活不得的痛苦啊。"大家在烛光中瞧见他那张皱纹重叠的脸上，湿润润地全是泪痕。这当儿人人知道自己去死不远，都扣着一线未绝

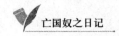

的天良，将平生罪恶供招出来。有不孝他父母的，此时便跪在二老跟前，叩头求恕。有妇人平日间不管家事，得丈夫血汗换来的金钱胡乱挥霍的，到此也哭着向丈夫陪话，数说自己种种的不是。总之在这大限临头万念俱灰之际，人人都想返朴归真，做一个完全的好人，去见造物之主。

蜡烛一分分短下去，只剩了三分之一。蜡泪和人泪同流，连光儿也晕做了惨红之色，照着这二三十个将死未死的饿人，东倒西歪的，真好似入了饿鬼道中。一会儿忽有人放声哭了起来，原来那只余奄奄一息的八十岁老太太，已先自和这惨苦的世界告别了。黄守成忙喝止那哭的道："哭甚么，老太太好福气，先走一步，我们还该庆贺一番才是。"于是哭的不哭了，大家只是惨默不语。

烛影摇红，可也红不多时的。到得蜡完时，焰熄了，光也灭了。大家在那蜡烛摇摇欲灭最后的一刹那间，禁不住都低低的惊呼了一声，仿佛他们身中的活火与生命之光，也随着这蜡烛同时熄灭了。那时天还没有亮，他们都伏在黑暗中，呻吟的声音，渐渐提高，此唱彼和的，蔚成了一种悲惨的音乐。

好容易捱过了两点钟光景，一缕晨曦，才从东方的天空中吐了出来。黄守成斗的从杨妃榻上跳起来道："咦，我还没有死么？"其余的人有哭的，有呻吟的，也有一二人狂笑的，那简直是疯了。他们正在略略动弹的当儿，猛听得门外起了一片欢呼之声道："兵退了，兵退了，城门开了，城门开了。"黄守成第一个听得清楚，喊一声奇怪，疾忙赶到一扇窗前，揭开了窗纸向外一望。果然见巷外大街上有许多人在那里狂跳狂喊，似有一派欢欣鼓舞的气象。他长长吐了一口气，自知这一条价值百万的性命，已得了救了。于是回过来向大众说道："兵退了，城门开了，我们的性命也保住了。快快开了门，大家各自回家去。你们在我家里住了好多天，也吃了我好几天，这笔账回头派账房来算罢。"当时那姓徐的也霍地跳了起来，揪住了他妻子一把头发，吆喝着道："回家去，回家去，服侍我洗脚要紧。"那个姓洪的老者，也笑逐颜开的拉了他小女儿的手，说道："好好，我们又可活命了。过一天我便同你拣一个丈夫，好好的嫁你出去。但你要是自己去拣丈夫，那我可不答应的。"那时那先前叩头求恕自称不孝的好儿子，也抛下了他父母，跳跳踪踪的跑出大门，寻他们的淫朋

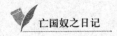

狎友去了。而先前向丈夫数说自己种种不是的妇人，也满心欢喜，打算日后如何的约着小姊姊们，舒舒服服打他三夜的麻雀咧。

身中的活火又烧起来了，生命之光又渐渐地明了。他们早忘了那烛影摇红的恐怖之夜，他们早忘了那烛影摇红的最后一刹那间。